Bitte bleib bei mir

*Für meine Familie, die mir immer Mut macht und mich unterstützt.
Ihr bedeutet mir sehr viel.*

JOHANNA MAI

Bitte bleib bei mir

Liccardi Resort

Bibliografische Information der Deutschen Nationalbibliothek:
Die Deutsche Nationalbibliothek verzeichnet diese Publikation in
der Deutschen Nationalbibliografie;
detaillierte bibliografische Daten sind im Internet über
http://dnb.d-nb.de abrufbar.

© 2016 Johanna Mai
Satz, Umschlaggestaltung, Herstellung und Verlag: BoD – Books on
Demand
ISBN: 978-3-7412-7773-3

Willkommen im Liccardi Resort in Italien in der Nähe von Venedig. Ein traumhafter breiter Sandstrand erstreckt sich zwischen zwei Leuchttürmen an der Mittelmeerküste. Der Campingplatz, die Einkaufsmall und das Hotel liegen malerisch am Rande eines Pinienwaldes. In den Sommermonaten ist schnell alles ausgebucht im Hotel und auch auf dem weitläufigen Campingplatzgelände. Jeder möchte seinen Urlaub in dieser sagenhaften Umgebung verbringen. Zahlreiche lauschige Bars und Lokale laden zum Erholen ein. In einiger Entfernung zum Resort liegt die italienische Kleinstadt Ca'Sogno mit kleinen, familiären Cafés, einer Fußgängerzone und Boutiquen. In der nahen Umgebung des Resorts liegen in der ländlichen Idylle die kleinen Höfe von Gemüsebauern. Schmale Straßen führen in eine abgeschiedene Lagunenlandschaft in der Nähe von Venedig. Fischer fahren in den frühen Morgenstunden hinaus aufs Meer und kehren gegen Mittag mit ihrem Fang zurück, um ihn direkt frisch in der Mall zu verkaufen. Urlauber verbringen ihre Zeit an diesem heimeligen Ort und vergessen unter der warmen Sonne Italiens den Alltagsstress. Mittendrin die Familie Liccardi, nicht immer einer Meinung, doch in schwierigen Zeiten immer zusammenhaltend, bieten sie ihren Gästen einen paradiesischen Ort zum Entspannen.

1. Kapitel

»Mach dir keine Sorgen, Carlo. Es geht mir gut«, erwiderte Eli und machte Anstalten aufzustehen. Die Unterhaltung mit seinem Bruder dauerte Eli nun schon viel zu lange. Weder wollte er wissen, welche Werbemaßnahmen für das Hotel geplant waren, noch wollte er mit seinem Bruder über seinen Gesundheitszustand sprechen.

»Vater macht sich ebenfalls Sorgen. Was soll ich ihm sagen?« Carlo blieb stur. Eine seiner Eigenschaften, die er selbst nicht wirklich gerne mochte, aber bei seinem jüngeren Bruder führte oft nur diese Eigenschaft zu einem Erfolg oder zu einem Teilerfolg, wie jetzt, da sich Eli wieder setzte.

»Dasselbe, was ich dir eben gesagt habe. Sag Edmondo: Eli geht's gut. Alles in Ordnung.« Elis Stimme klang bereits gereizt. Ein sicheres Zeichen für Carlo, dass er entweder eine andere Strategie einschlagen sollte, was hieß, das Thema zu wechseln, oder aber in Kauf nahm, dass er mit seinem Bruder stritt.

»Hast du denn schon einen Plan, was du in Zukunft machen möchtest?«

Eli sah seinen Bruder herausfordernd an. »Aha, jetzt verstehe ich, daher weht der Wind. Diese ständige Fragerei, wie es mir geht, ist praktisch nur vorgeschoben und die wichtigere Frage für euch wäre: Eli, warum zum Teufel bringst du dich nicht mehr in die zukünftigen Pläne für die Resorts ein, oder?«

»Sei nicht albern, Eli. Ich mache mir immer Sorgen um dich, daher frage ich dich so oft, wie du dich fühlst. Wir, das heißt vor allem Vater und ich, möchten gerne, dass du weißt, dass dir alle Türen offen stehen, damit du für die Zukunft etwas findest, das dir gefällt.« Carlo sah seinen

Bruder besorgt an. »Uns ist beiden klar, dass nichts deine Karriere ersetzen kann, aber zumindest ein bisschen Ablenkung wäre gut, vor allem jetzt, wo Chelsea auch noch ...« Eli winkte ab und beendete damit Carlos Ansprache.

»Erwähne nicht ihren Namen, das ist sie gar nicht wert.«

»Na ja, ihr wart schließlich verlobt, sie gehörte ja damit fast zur Familie. Ich meine nur, mir ist klar, wie du dich fühlen musst.«

»Ach komm, bitte, Carlo, mach dich nicht lächerlich, du hast keine Ahnung, wie ich mich fühle. Du kannst das nicht verstehen, du hast Susann und Emilie. Eine Familie, die für dich da ist, okay.« Eli stand wütend auf und wollte nur noch aus dem Zimmer raus. Carlo war ebenfalls aufgestanden und hielt ihn zurück.

»Bitte, Eli, du weißt, wie ich es gemeint habe, wir sind alle für dich da. Das sollst du einfach nur wissen.« Carlo hatte Eli brüderlich einen Arm um die Schultern gelegt. Da sie sich in der Vergangenheit nie besonders nahe gestanden hatten, war dies eine Geste, die zwar noch etwas unbeholfen wirkte, dafür aber von Herzen kam.

»Das weiß ich doch, Carlo.« Eli verstand genau, was Carlo meinte, und er war seinem Bruder wirklich sehr dankbar. Zwar hatte er es ihm nicht gesagt, wie viel es ihm bedeutet hatte, dass Carlo kurz nach dem Unfall bei ihm gewesen war und sich um alles gekümmert hatte, doch hoffte Eli, dass Carlo es trotzdem wusste.

Glücklich stieg Laura Giancomelli aus dem Auto. Nun war sie angekommen. Obwohl es erst später Vormittag war, war es schon sehr warm. Ein perfektes Wetter, um Urlaub zu machen, dachte sich Laura und sah auf ein Wohnmobil, das eben durch die Einfahrt fuhr. Die Glücklichen! Doch Laura ermahnte sich selbst, auch sie konnte sich glücklich schätzen! Wer hatte denn die Möglichkeit, in so einer schönen Umgebung zu arbeiten. Und bei so vielen herrlichen Urlaubseindrücken kamen ihr die Ideen, die sie brauchte, bestimmt wie von selbst. Laura drehte sich zu dem Chauffeur um, der sich ihr als Lorenzo vorgestellt hatte und eben ihre Koffer aus dem Wagen holte. Die Liccardis dachten wirklich an alles und hatten für sie erst ein Wassertaxi bestellt, das sie vom Bahnhof Venedig ans Festland brachte, und dort hatte dann schon der Fahrer gewartet. So viel Aufmerksamkeit um ihre Person war Laura gar nicht gewohnt. Sie wollte dem Fahrer schon mit einem der Koffer helfen, doch ganz Gentleman ließ Lorenzo es sich nicht nehmen, beide Koffer zu tragen, und Laura fühlte sich fast wie ein Star, während sie dem Fahrer zur Rezeption folgte.

»Ciao, Lorenzo«, wurde ihr Fahrer auch gleich von einem jungen Herrn an der Rezeption begrüßt.

»Ciao, Matteo, darf ich dir die Signorina Giancomelli vorstellen? Wir sind recht früh dran, aber es war nahezu kein Verkehr.«

Matteo sah in seinem Computer nach. »Buongiorno, Signorina. Das ist kein Problem, Ihr Zimmer ist schon fertig und ich kümmere mich darum, dass Ihr Gepäck gleich nach oben gebracht wird.«

»Vielen Dank«, entgegnete Laura und sah sich um. Fünf Angestellte arbeiteten in der Rezeption. Es standen viele Pflanzen in dem hellen Raum und die Klimaanlage verschaffte eine angenehm kühle Luft. Lorenzo verabschiedete sich herzlich von ihr und wünschte ihr eine schöne Zeit. Wenn sich Laura so umsah, war sie sicher, dass die Arbeit in so einer schönen Atmosphäre gut von der Hand gehen würde. Matteo gab ihr eine Magnetkarte für ihr Hotelzimmer und erklärte bereitwillig: »Signor Liccardi bat mich, Ihnen zu sagen, dass Sie selbstverständlich eingeladen sind und alle Speisen und Getränke auf Rechnung des Hauses gehen. Sie müssen auf dem Resortgelände nur diese Karte vorzeigen.« Jetzt kam sich Laura wirklich wie ein Star vor. Alles inklusive, das hörte sich gut an. Matteo sah in seinen Computer und dann auf die Uhr, die an der Wand hing.

»Ich sehe hier, dass Sie in gut 20 Minuten ein Gespräch mit Signor Liccardi haben, Signorina. Möchten Sie, während Sie warten, einen Kaffee trinken?« Konnte dieser Matteo ihre Gedanken lesen?

»Das wäre jetzt genau das, was ich brauche.« Matteo führte sie zu dem Café, das direkt hinter der Rezeption lag. Mithilfe der Resort-Karte hatte Laura schon während der Zugfahrt versucht, sich einen Überblick zu verschaffen. Es gab mehrere Cafés und in jedem gab es verschiedene Spezialitäten. Da musste sie auf jeden Fall jedes Café einmal ausprobieren.

Matteo führte sie zu einem Tisch und kehrte dann an seinen Platz an der Rezeption zurück. Laura bestellte sich einen Cappuccino und beobachtete die Leute. Von ihrem Sitzplatz aus konnte sie die Mall sehen, in der die meisten Geschäfte lagen. Das Resort bot sowohl viele Stellplätze als auch Bungalows und natürlich Hotelzimmer. Der Hotelbereich war erst in den letzten Jahren neu dazugekommen. Es war ein schöner Bau mit vielen großen Fenstern und Balkonen. Laura hoffte, dass sie vielleicht ein Zimmer mit Meerblick bekommen hatte.

»Entschuldigen Sie, Signorina Giancomelli. Darf ich mich zu Ihnen setzen?«, wurde Laura in ihren Gedanken unterbrochen. Eine große blonde Frau stand an ihrem Tisch. Die Frau war Laura sofort sympathisch, obwohl sie nicht wusste, woran es lag.

»Natürlich, sehr gerne.«

»Ich heiße Susann Haas und ich bin die Leiterin der Rezeption. Signor Liccardi wird sich leider etwas verspäten, er hat noch ein Gespräch.«

»Das macht nichts, hier ist ein sehr schöner Platz, um zu warten«, entgegnete Laura fröhlich.

Laura war sich nicht sicher. Sie hatte von ihrem Chef in der Firma erfahren, dass Carlo Liccardi sich vor Kurzem mit seiner Freundin aus Deutschland verlobt hatte. Vielleicht war Susann Haas ja diese besagte Freundin.

Anhand von Susanns Dialekt hätte es Laura nicht sagen können, ob sie aus Deutschland kam. Susann sprach ein einwandfreies Italienisch.

Sie hatte sich noch nicht lange mit Susann unterhalten, da sah Laura einen großen dunkelhaarigen Mann aus der Rezeption kommen. Er verabschiedete sich von dem Mann, der ihn begleitete hatte, indem er ihm kurz die Hand auf die Schulter legte. Der andere Mann lächelte zurück und winkte Susann zu, dann ging er Richtung Mall davon. Der große dunkelhaarige Mann kam auf ihren Tisch zu.

»Signorina Giancomelli?«, fragte er. Laura stand auf und gab ihm ihre Hand. »Es freut mich sehr, Sie kennenzulernen. Ich bin Carlo Liccardi. Verzeihen Sie, dass ich Sie habe warten lassen. Es ist eigentlich überhaupt nicht meine Art, unpünktlich zu sein.«

»Machen Sie sich keine Gedanken – in einer so schönen Umgebung«, Laura wies mit einer kurzen Handbewegung auf die sonnige Terrasse, »vergeht die Zeit wahnsinnig schnell.«

»Meine zukünftige Ehefrau haben Sie auch schon kennengelernt«, erwiderte Carlo und Susann strahlte noch mehr. Es musste schön sein, so verliebt zu sein und zu merken, dass die Liebe auch erwidert wurde. So war es

Laura noch nie ergangen. In der Vergangenheit hatte sie ein gutes Händchen für die falschen Männer gehabt, da wollte sie gar nicht wissen, was die Zukunft brachte.

»Dann gehen wir am besten gleich in mein Büro, dort habe ich schon einiges vorbereitet.«

Laura folgte Carlo zu seinem Büro. Im Gebäude direkt neben dem Hotel schien die Verwaltung untergebracht zu sein. Im obersten Stock lag Carlo Liccardis Büro. Laura hatte selten einen schöneren Ort zum Arbeiten gesehen. Vom Schreibtisch hatte man einen traumhaften Blick auf Meer und Strand. Ein großer Eichenschrank stand links an der Wand. Laura musterte mit einem schnellen Blick die vielen Bilder der Familienmitglieder aus unterschiedlichen Generationen, die in dem Eichenschrank standen. Das hatte Laura von ihrem Chef schon vor ihrer Abreise erzählt bekommen: Die Liccardi Resorts wurden nun in dritter Generation von Carlo und seinem Cousin Renato geleitet. Die anderen Familienmitglieder waren ebenfalls im Familienbetrieb tätig. Hier schienen alle zusammenzuhalten. Auf einer breiten Terrasse vor diesem Traum von einem Büro standen Stühle und ein Tisch unter einem großen Sonnenschirm.

»Hatten Sie eine angenehme Anreise, Signorina Giancomelli?«, fragte Carlo sie.

»Ja, der Zug war pünktlich und die Fahrt mit dem Wassertaxi fand ich großartig. Ich bin bis jetzt nur ein einziges Mal mit einem Boot gefahren, und da war ich noch viel jünger«, entgegnete Laura. Sie war etwas nervös, aber Carlo schien tatsächlich ein sehr netter Mensch zu sein, und so versuchte sie sich zu entspannen. Dennoch, die Tatsache, dass dieser Auftrag sehr wichtig für die Werbeagentur war, blieb ihr im Hinterkopf.

»Möchten Sie sich lieber auf den Balkon setzen, oder sollen wir die Einzelheiten drinnen besprechen?«

»Wenn Sie mich so fragen, gehen wir nach draußen, es ist so schönes Wetter«, schlug Laura vor. Und so saßen sie unter dem blauen Schirm, an dem mit Flieseneinlegearbeiten verzierten Tisch, auf dem Balkon. Es ging ein leichter, warmer Wind und es roch nach Meer. Nicht schwer, hier in Urlaubsstimmung zu verfallen, dachte sich Laura. Doch auch die Arbeit ging ihr in einer schönen Atmosphäre wie dieser leichter von der Hand.

»Die Informationsbroschüre über die gesamten Umbauten, mit den Zahlen und Fakten des Hotels, haben Sie bekommen?«, fragte Carlo sie, nachdem er zwei Flaschen Wasser und Saft sowie zwei Gläser geholt hatte.

»Ja, während der Zugfahrt habe ich mir alles durchgelesen. Mir ist aufgefallen, dass in dem alten Prospekt über das Resort weder das Hotel noch der erweiterte Poolbereich erwähnt wird, daher müssen wir, was den Umfang betrifft, zusätzliche Seiten einplanen. Sonst würde ich das Format beibehalten, um einen Wiedererkennungswert zu garantieren.«

»Das hatten wir uns auch so vorgestellt. Natürlich führe ich Sie persönlich noch durch das Resort und zeige Ihnen die ganzen Neuerungen, damit Sie auch ein Bild vor Augen haben. Wegen der Motive würden wir uns dabei aber ganz auf Sie verlassen. Sicher haben Sie ein besseres Auge dafür, was gut aussieht und was nicht. Möchten Sie etwas trinken?«

Laura fühlte sich geschmeichelt von Carlos Kompliment. Sie liebte es zu fotografieren und freute sich schon darauf, das Resort zu erkunden.

»Ein stilles Wasser, gerne.«

Carlo und Laura gingen den alten Prospekt durch und strichen vor allem die Bereiche an, die sich ändern sollten. Da sich seit den letzten zehn Jahre an dem Prospekt nahezu nichts, in dem Resort aber vieles geändert hatte, hatte Laura viel Arbeit vor sich, doch sie freute sich sehr darauf. Vor allem die Merchandising-Produkte waren recht altmodisch. Und so würde sie auch die T-Shirts, Handtücher, Sonnenschirme und Strandtücher und was es noch alles geben sollte mit neuem Design entwerfen.

»Dann hat sich auch noch unser Logo geändert«, verkündete Carlo und zeigte Laura einen Ausdruck. Ein blaues, verschlungenes *L* und *R*, umgeben von fünf goldenen Sternen, darunter in Gold der Schriftzug *Veneto*.

»Das sieht sehr gut aus. Haben Sie das von einem Grafiker machen lassen?«

»Ja, während meines Studiums hat eine Bekannte von mir es entworfen. Ich habe es auch hier in allen Dateiformaten. Wir können aber auch gerne noch etwas ändern. Ich weiß nicht, wie gut es sich umsetzen lässt mit den Sternen«, erwiderte Carlo und reichte Laura einen USB-Stick.

»Das Gold ist eine Sonderfarbe, da müssen wir mit dem Druck aufpassen. Aber das ist kein Problem, darum kümmere ich mich schon.«

Carlo sah Laura bewundernd an. Im ersten Moment wirkte die junge Frau allein schon durch ihre geringe Körpergröße eher unscheinbar, doch ihre Motivation und ihre Selbstsicherheit, wenn sie über ihre Arbeit sprach, waren mitreißend. Carlo konnte verstehen, warum Marcello Mazzini, Lauras Chef, gerade sie für dieses Projekt ausgewählt hatte. Marcello und Edmondo, Carlos Vater, kannten sich schon seit über 20 Jahren, doch beruflich hatten sie noch nie zusammengearbeitet. Nun, da Carlo die Resortleitung übernommen hatte, fand er es an der Zeit, im Bereich Marketing neue Wege zu gehen, und Marcello war sofort von der Idee begeistert gewesen.

»Wir hatten es uns so vorgestellt, dass Sie an einem ersten Termin Ihre Ideen präsentieren, und dann würden wir Sie damit beauftragen, den Druck des Prospektes und die Herstellung der Werbeprodukte in Auftrag zu geben.«

»Das wäre mir auch sehr recht. Haben Sie schon an ein bestimmtes Datum gedacht, an dem ich Ihnen die Ideen präsentieren kann?«

»Wir dachten an den Freitag in zweieinhalb Wochen. Wenn Sie mehr Zeit brauchen, können wir auch den zweiten Freitag im September nehmen. Sie merken schon, Freitag ist bei uns immer der beste Tag, da sind die meisten Mitglieder der Familie hier.«

»Zweieinhalb Wochen, ja, das sollte ich hinbekommen«, überlegte Laura laut und notierte sich den Termin in ihrem Smartphone. Sie gingen nun jedes Werbeprodukt durch und besprachen, wo das neue Logo platziert werden sollte und welche neuen Werbeprodukte noch hinzukämen. In einem alten Prospekt notierten sie auch hier die Änderungen, die gemacht werden sollten. Nach ihrem Gespräch war Laura sehr optimistisch und sie brannte darauf, sofort mit der Arbeit zu beginnen. Hatte sie jemals so ein schönes Projekt umsetzen dürfen? Es gab so viele Fotos die sie machen durfte, und die Gestaltung des Prospektes versprach auch Spaß zu machen.

»Bevor ich Sie zu Ihrem Zimmer bringe, zeige ich Ihnen noch schnell Ihren Arbeitsplatz, Signorina«, sagte Carlo, als sie ihr Gespräch beendet hatten. Laura sah überrascht auf. Sie war davon ausgegangen, dass sie in ihrem Hotelzimmer arbeiten musste. Mit einem Arbeitsplatz hatte sie nicht gerechnet, und als Carlo und sie schließlich vor einer Bürotür standen, fühlte Laura das seltsame Gefühl von Heimat. Es war eine kurze Gefühlsregung, doch sie war so intensiv, dass Laura überrascht zusammenzuckte. Carlo hatte ihre Reaktion nicht mitbekommen und machte ihr eben die Bürotür auf. Das Zimmer war sehr groß, sodass der riesige Schreibtisch darin locker Platz fand. Der Boden war mit einem futuristischen Teppich ausgelegt, der ein Muster in Dunkel- und Hellblau zeigte. Hinter dem Schreibtisch stand ein Bürostuhl mit hoher Rückenlehne. Laura setzte sich begeistert auf ihren Schreibtischstuhl. Hier hatte sie viel Platz, um Skizzen und Bilder auszulegen. Hinter ihr an der Wand war ein großes Whiteboard befestigt mit viel Platz für Notizen, gegenüber von ihr an der Wand war eine Pinnwand, wo sie ihre Skizzen befestigen konnte. Wenn Laura aus dem Fenster zu ihrer Linken schaute, hatte sie einen herrlichen Blick auf den lichtdurchfluteten Pinienwald.

»Wir haben einen Laserdrucker im Nebenzimmer stehen. Unsere Informatiker werden sich gleich darum kümmern, Ihren Laptop mit dem Drucker zu verbinden, dann haben Sie optimale Arbeitsmöglichkeiten. Bei dem Telefon sehen sie auch eine Liste mit den Durchwahlnummern. Wenn Sie Fragen haben oder Ihnen noch etwas einfällt, was Sie brauchen, können Sie mich jederzeit anrufen.«

»Das ist wirklich super, ich denke, ich habe hier wirklich alles, was ich für die Arbeit brauche. Vielen Dank.« Laura strahlte Carlo begeistert an.

»Das freut mich, aber falls Ihnen doch was einfällt, Susann und ich, und sicher auch die anderen Kollegen in den anderen Büros, stehen Ihnen gerne zur Verfügung. Ihren Laptop können Sie dann auch gerne hierlassen. Das Büro lässt sich absperren, weggekommen ist bei uns allerdings noch nichts«, erklärte Carlo lächelnd und reichte ihr den Büroschlüssel. »Susann wollte Ihnen die Kollegen in den anderen Büros demnächst noch vorstellen, damit Sie sich hier nicht wie eine Fremde fühlen.«

Nein, das konnte hier nicht passieren. Laura hatte, bevor sie bei Marcello angefangen hatte, bei vielen anderen Firmen gearbeitet, wenn auch nur kurz während ihrer Praktika, doch so schnell hatte sie sich tatsächlich noch nirgends heimisch gefühlt. Reiß dich zusammen, schalt sie sich, es ist nur für ein paar Wochen. Doch diese Zeit werde ich jeden Moment genießen, nahm sich Laura fest vor.

»Und hier wären wir in Ihrem Zimmer«, verkündete Carlo, als er Laura die Tür aufhielt. Es war traumhaft schön. Das Bett stand links mit dem Kopfteil an der Wand. Ein großer Fernseher stand auf einer hellen Kommode gegenüber. Die Türen, die hinaus auf den großen Balkon führten, waren gekippt.

»Ich hoffe, Sie werden sich hier sehr wohlfühlen, es ist ja doch eine längere Zeit, die Sie hier sein werden.«

»Das Zimmer gefällt mir schon jetzt sehr gut, bestimmt wird die Zeit hier viel zu schnell vergehen.«

»Ach ja, ehe ich es vergesse. Wir wussten nicht, wie es Ihnen am besten passt, daher ist bis jetzt Halbpension gebucht. Sollten Sie Mittag essen wollen, kann ich aber auch an der Rezeption Bescheid geben. Das Abendessen haben wir für Sie als Büfett gebucht, sollten Sie einmal außerhalb essen gehen wollen, müssen Sie sich nicht extra abmelden. Das Servicepersonal weiß Bescheid. Alles, was Sie auf dem Resort-Gelände essen und trinken, geht natürlich aufs Haus, Sie müssen dafür die Getränke und Speisen nur auf die Zimmerkarte buchen lassen.« Laura kam sich nun wirklich sehr bevorzugt vor. Marcello hatte wirklich nicht übertrieben als er sagte, hier könne man sich wohlfühlen.

»Das ist sehr nett, vielen Dank.«

2. Kapitel

Um drei Uhr nachmittags wollten Laura und Carlo sich unten bei dem Café auf der Terrasse treffen. Noch genügend Zeit, um schnell ihre Mutter anzurufen, beschloss Laura.

»Pronto!« Ihre Mutter ging schon nach dem zweiten Klingeln ans Telefon.

»Ciao Mamma«, begrüßte Laura ihre Mutter.

»Laura, schön, dass du anrufst. Wie geht's dir? Wie war die Fahrt?«

Laura ließ sich aufs Bett fallen. »Es hat alles gut geklappt. Der Zug war pünktlich. Die Fahrt mit dem Wassertaxi war herrlich. Und hier ist es einfach traumhaft. Vom Hotelzimmer habe ich einen traumhaften Blick auf den Strand und das Meer und für meine Arbeit habe ich sogar ein eigenes Büro mit viel Platz bekommen. Hier könnte ich es auch länger aushalten.«

»Das freut mich, dass der erste Eindruck schon so schön ist, wie du gehofft hattest. Und wie sind die Liccardis?«

»Bis jetzt habe ich nur Carlo und seine Verlobte kennengelernt, aber die zwei sind schon mal sehr nett. Signor Edmondo Liccardi lerne ich erst nächste Woche kennen, er ist wohl noch am Gardasee bei seinem Bruder.«

»Weil wir gerade von Bruder sprechen – soll ich dir schnell Stefano geben? Er kommt gerade aus seinem Zimmer.« Laura und Stefano hatten sich gestritten, kurz bevor Laura losgefahren war, und sie war sich nicht sicher, ob ihr kleiner Bruder mit ihr sprechen wollte. Ein kurzes Rascheln am Telefon verriet Laura, dass ihre Mutter den Hörer weiterreichte. Noch immer hatten sie zu Hause kein schnurloses Telefon, und so konnte sich Laura gut vorstellen, wie sich ihr Bruder und ihre Mutter in dem engen Gang um das kleine Tischchen versammelt hatten, auf dem das Telefon stand.

»Bin dran«, hörte Laura die Stimme ihre Bruders. Er klang verschlafen.

»Bist du jetzt erst aufgestanden?«, fragte Laura ihn. Wieso klang es bei ihr immer vorwurfsvoll, wenn sie mit ihrem Bruder sprach?

»Nein, ich war am PC und hab gespielt, wenn es dir nichts ausmacht.« Ihr Bruder war genervt. Laura zwang sich zur Ruhe. Sie war die Ältere, sie durfte sich nicht so provozieren lassen.

»Was hast du denn gespielt?«, fragte Laura ihn und sie schaffte es, ihre Stimme freundlich-interessiert klingen zu lassen.

»Snowboarding, wie immer.« Laura biss sich bei der Antwort ihre Bruders auf die Lippen. Seit einem Skiunfall vor knapp vier Jahren war ihr Bruder querschnittsgelähmt und auf den Rollstuhl angewiesen. In wenigen Wochen wurde ihr Bruder 21 und Laura hatte ihm ein besonderes Geburtstagsgeschenk organisiert, von dem sie aber nicht sicher wusste, ob es ihm gefiel. Laura hatte in den vergangen Jahren immer wieder recherchiert und nun in Österreich einen Trainer ausfindig gemacht, der bereit war, ihrem Bruder das Monoskifahren beizubringen. Eine Möglichkeit auch für querschnittsgelähmte Sportler, wieder einen vereisten Abhang hinabzufahren. Laura hatte viel zusammengespart, damit ihr Bruder zwei Monate im Winter in einem teuren Hotel in Österreich direkt in der Bergregion verbringen konnte. Vor ihrer Abreise ins Liccardi Resort hatte Laura vorsichtig ihren Bruder auf das Geburtstagsgeschenk vorbereiten wollen, doch seine ersten Reaktionen waren eindeutig gewesen.

»Ich werde nie wieder Snowboarden oder Skifahren

können, klar. Das kann man nicht ändern. Auch du nicht.« Und damit hatte er sich in sein Zimmer zurückgezogen.

»Und wie ist es am Meer?«, hörte Laura die Frage ihres Bruders.

»Traumhaft schön. Die Sonne scheint und ich kann es kaum erwarten, am Strand zu stehen und mir den Wind um die Nase wehen zu lassen. Bestimmt gibt es tausend schöne Motive, die sich für den Prospekt eignen.«

»Versuch auch mal ein bisschen Urlaub zu machen, du arbeitest sowieso zu viel.« Laura wusste, dass sich ihre Familie Sorgen machte, weil sie den Samstagvormittag noch oft in der Firma verbrachte. Dann schimpfte ihre Mutter immer.

»Du bist von montags bis freitags jeden Tag manchmal fast zehn Stunden in der Arbeit, da musst du nicht noch samstags reingehen.« Selbst ihr Chef machte sich Gedanken und zwang sie dazu, weniger zu arbeiten. Dann kam immer derselbe Satz: »Laura, du machst eine großartige Arbeit. Aber jetzt ist es genug, du gehst nach Hause und dort entspannst du dich, leg dich in die Sonne, lies ein Buch.« Sie alle konnten nicht verstehen, was Laura antrieb. Laura wollte ihre Familie durch das Geld, das sie verdiente, unterstützen und noch immer hatte sie den Traum, sich mit ihrer Fotografie irgendwann selbstständig zu machen, doch dazu fehlte ihr noch der Mut.

»Vielleicht kommst du mal dazu, ein paar Tage auszuspannen, dass täte dir gut«, meldete sich ihr Bruder zu Wort, nachdem Laura auf seine letzte Bemerkung nichts geantwortet hatte.

»Ich glaube, das hatte auch mein Chef im Sinn, als er mir dieses Projekt anvertraut hat«, überlegte Laura laut.

»Ja, das traue ich Marcello auf jeden Fall zu.« Mit verstellter Stimme, um genauso wie Marcello zu klingen, sagte Stefano: »Wenn sie schon freiwillig kaum in Urlaub gehen will, dann zwing ich sie halt dazu.« Laura musste bei dieser Vorstellung lachen. Sie unterhielt sich noch kurz mit ihrem Bruder und versprach ihrer Mutter, als ihr Bruder das Telefon weitergegeben hatte, am nächsten Morgen noch einmal anzurufen.

Carlo Liccardi war noch nirgends zu sehen, als Laura sich am Café einfand. Laura nutzte die Gelegenheit, ihre Umgebung zu bewundern. Sie setzte sich an einen der zahlreichen Tische, die auf der Terrasse unter mehreren Sonnenschirmen zum Entspannen einluden. Bei einem Espresso ließ es sich hier sehr gut aushalten. Der helle Steinboden der Terrasse heizte sich auch durch die vereinzelten Sonnenstrahlen, die durch das Dach aus Sonnenschirmen fielen, nicht auf. Auf der Eiskarte gab es wohlbekannte Eisbecher wie *Coppa Banana*, aber auch kleinere Kreationen für Kinder und Eisbecher, die man sich als Pärchen teilen konnte. Laura musste unwillkürlich an ihre letzte feste Beziehung denken und zwangsläufig auch an deren unschönes Ende, als sie festgestellt hatte, dass ihr Partner mit mehreren Frauen gleichzeitig eine Romanze am Laufen hatte. Sie hatte daraufhin unter ihre Beziehung mit Giorgio schnell einen Schlussstrich gezogen.

»Es ist unverzeihlich, Signorina Giancomelli, jetzt lasse ich Sie schon wieder warten. So hatte ich mir das Ganze nicht vorgestellt«, begrüßte Carlo Liccardi sie.

»Machen Sie sich bitte keine Gedanken, das ist nicht schlimm. Ich weiß ja im Großen und Ganzen, auf was es ankommt. Wenn es für Sie leichter ist, kann ich mich auch selbst etwas umsehen«, schlug Laura bereitwillig vor. Signor Liccardi schien wirklich sehr beschäftigt zu sein.

»Sie werden sich mit Ihrer Arbeit bedeutend leichter tun, wenn Ihnen jemand unser Resort vorstellt. Eigentlich wollte ich derjenige sein, doch Ende August ist bei uns Hochsaison und es ist kaum zu schaffen. Das ist natürlich super für uns«, erklärte Carlo mit einem Lächeln. »Doch ich befürchte, ich könnte mich nicht genügend um Sie kümmern, und das möchten ich und natürlich auch mein Vater auf keinen Fall.« Carlo führte Laura zu einem der Club Carts.

»Ich denke, mir ist gerade die perfekte Lösung eingefallen.« Sie stiegen in das kleine Gefährt ein und Carlo lenkte den Golfwagen geschickt durch die kleinen Straßen des Campingplatzes.

»Mein jüngerer Bruder Eli ist derzeit ebenfalls hier, und soweit ich weiß, hat er nicht ganz so viel zu tun. Ich hoffe, dass er Sie herumführen kann, Signorina. Eli kennt sich im gesamten Resort sehr gut aus. Er wohnt eigentlich in London, ist aber seit April hier und kann Ihnen alles über die Umbauten und Neuerungen in unserem Resort erzählen.« Carlo fuhr den Wagen an dem großen Poolbereich vorbei. Fasziniert fiel Lauras Blick auf die vielen verschiedenen Pools und Rutschen, die sie beim Vorbeifahren bemerkte. Hier gab es bestimmt eine Menge verschiedener Motive für den Prospekt. Den alten Prospekt hatte sie schon während der Zugfahrt durchgeblättert. Die gesamte Poolanlage wurde dort nur mit einem winzigen, schlecht aufgenommenen Foto beschrieben. Das ließ sich bestimmt verbessern.

»Ist Ihr Bruder im Baugeschäft tätig, da er sich mit den Neuerungen auf dem Campingplatz auskennt?«, fragte Laura nach. Sie hatte sich zwar im Vorfeld über die Familie Liccardi informiert, von einem Eli Liccardi hatte sie aber noch nie etwas gehört.

»Nein, mein Bruder ist, besser gesagt war, Motorradrennfahrer bei der MotoGP. Er hatte letztes Jahr im Juli bei einem Rennen einen schweren Unfall und musste seine Karriere deshalb beenden. Vielleicht haben Sie davon gehört? Es war damals in mehreren Zeitungen zu lesen.« Laura war schockiert.

»Nein, davon habe ich nichts mitbekommen, ich kenne mich aber auch im Motorradsport nicht besonders gut aus. Das tut mir sehr leid. Wie geht es Ihrem Bruder jetzt?«

»Schon viel besser. Er hat sich ganz gut erholt. Dass er seine Karriere allerdings unter diesen Umständen beenden musste, belastet ihn natürlich noch immer.« Das konnte Laura sich gut vorstellen, vor allem, wenn sie an ihren eigenen Bruder dachte.

»Eli kann übrigens fließend Italienisch. Da müssen Sie sich keine Sorgen wegen der Verständigung machen. Aber Sie könnten sicher auch perfekt Englisch, nehme ich an, nachdem Sie Ihren Master zum Teil in Birmingham gemacht haben.«

Laura spürte, wie sie vor Verlegenheit errötete. Carlo schien auch über sie gut informiert zu sein. Nun hatten sie bereits den Rand des Campingplatzes erreicht. Hinter den letzten Bungalows erstreckte sich ein Pinienwald. Carlo steuerte den Golfwagen auf einen abseits gelegenen Bungalow zu. An dessen Rückseite lag der Wald, links und rechts war er von einer immergrünen Hecke begrenzt und an der Vorderseite gab es einen direkten Zugang zum Meer. Carlo stieg aus und Laura tat es ihm gleich. Sie umklammerte ihre Tasche, in der sie einen Stift, einen kleinen Notizblock und ihre Digicam verstaut hatte. Die Spiegelreflex-Kamera wollte sie erst in den kommenden

Tagen mitnehmen, wenn sie sich auf dem Gelände zurechtfand.

»Eli!«, rief Carlo und ging durch eine Aussparung in der Hecke. Laura sah sich den Bungalow an. Das war wirklich ein schönes Plätzchen hier. Etwas abgeschottet und weit weg von der Mall, dafür aber direkt am Meer. Laura trat in den Garten. Der Bungalow hatte eine einladende Terrasse mit mehreren Korbmöbeln. Der Blick aufs Meer war nahezu ungestört möglich, nur ein recht großer Olivenbaum stand in einem großen Topf im Schatten der ersten Pinien. Eine schwarze Ducati stand neben dem Olivenbaum. Lauras Blick fiel zuerst auf ein silbernes Motorrad. Auf dem Tank stand in schwarzer Schrift: Norton. Und schließlich bemerkte sie den Mann, der sich eben aufrichtete, weil er bis jetzt an dem Motorrad gearbeitet hatte. Das schien wohl Carlos Bruder zu sein. Laura erkannte in ihm den Mann, der vorhin Susann zugewinkt hatte und von Carlo aus dem Gebäude begleitet worden war. Eli hatte kurz geschnittene schwarze Haare, eine auffallend gerade Nase und eine Narbe über der linken Augenbraue, die aber schon älter zu sein schien und nicht von dem Unfall herstammte. Generell wäre Laura nicht auf die Idee gekommen, dass dieser Mann einen schweren Motorradunfall gehabt hatte. Eli machte einen sportlichen, fitten Eindruck und war einen Kopf kleiner als sein Bruder. Sein Dreitagebart ließ ihn eher jünger erscheinen und gab ihm ein draufgängerisches Aussehen.

»Was gibt's?«, fragte er an Carlo gewandt.

»Eli, darf ich dir Laura Giancomelli vorstellen? Die Signorina arbeitet für die Werbefirma, die unseren neuen Resortprospekt und die Souvenirs entwerfen wird.« An Laura gewandt sagte Carlo. »Signorina, das ist mein Bruder Eli Grantham. Wie schon erwähnt, kennt er sich in unserem Resort sehr gut aus.«

Laura hielt Eli die Hand zur Begrüßung hin. Eli zögerte kurz und wischte sich die öligen Hände an einem Tuch ab. Er schüttelte Laura kurz die Hand, musterte sie dann mit einem direkten Blick aus seinen durchdringend blauen Augen, die Laura fast den Atem raubten. Ihr Blickkontakt dauerte nur eine Sekunde, dann wandte er sich mit einem skeptischen Gesichtsausdruck gleich wieder Carlo zu.

»Warum ist es wichtig, dass ich mich hier auskenne, Carlo?«, fragte Eli. Überrascht stellte Laura fest, dass Eli völlig ohne eine Sprachfärbung, die sie von einem Engländer erwartet hätte, Italienisch sprach.

»Ich hatte Signorina Giancomelli versprochen, dass ich sie herumführe. Leider ist gerade wahnsinnig viel los, wie du weißt, und ich springe von einem Termin zum nächsten. Susann ist auch schon total eingespannt, und Vater hat leider auch keine Zeit, weil er am Gardasee bei Manuele ist und dort die neuen Pläne mit ihm bespricht. Evelina kommt erst morgen Abend wieder und Renato ist auch am Gardasee und kommt dann mit Vater erst nächste Woche hierher. Du bist der Einzige, der gerade nichts zu tun hat und der Signorina die Umbauten und Neuerungen zeigen kann.«

»Ich habe genug zu tun, wie du sehen kannst«, erwiderte Eli genervt und wies auf die einzelnen Teile der Norton.

»Eli, ich denke, das hat noch Zeit. Kannst du bitte dieses eine Mal für mich einspringen?«

Bevor Eli darauf etwas erwidern konnte, meldete sich Laura zu Wort. Sie hatte den beiden Brüdern zugehört und es war ihr unangenehm, wenn ihretwegen Umstände gemacht wurden. »Vielen Dank für Ihre Bemühungen, aber ich denke, ich komme sehr gut alleine zurecht. Signor Liccardi, Sie hatten mir ja Ihre Handynummer gegeben«, wandte sich Laura an Carlo. »Sollte ich ganz wichtige Fragen haben, würde ich mich einfach bei Ihnen melden. Für mich wäre es absolut in Ordnung.«

Eli schien sie erst jetzt richtig wahrzunehmen. Er musterte sie eindringlich und sein Blick blieb schließlich bei ihren hohen Schuhen hängen. Er zog skeptisch eine Augenbraue nach oben, sparte sich aber jeden Kommentar über ihre High Heels, stattdessen sagte er: »Ich denke, ich kann sicherlich ein paar Stunden entbehren, um Ihnen das Resort zu zeigen, Signorina. Das macht keine Umstände. Geben Sie mir nur einen Augenblick Zeit, mich umzuziehen.« Erst bei diesen Worten fiel Lauras Blick auf Elis Kleidung. Er trug ein hellblaues T-Shirt mit einer Aufschrift, die so verwaschen war, dass sie sie nicht mehr lesen konnte. Und seine Jeans waren voll mit Ölflecken.

»Ja, natürlich, gehen Sie nur, ich warte so lange.« Laura sah ihm nach, wie er in den Bungalow ging.

»Es tut mir leid. Wie Sie sehen, mag er es nicht gerne, wenn ich ihn so überfalle, aber es ging nicht anders. Wenn Sie ihn näher kennen, ist er ganz umgänglich und er kennt sich wirklich sehr gut aus. Wenn Sie noch irgendetwas brauchen, Signorina, scheuen Sie sich nicht, mir Bescheid zu geben«, bot Carlo bereitwillig an.

Eli schloss die Tür hinter sich und kam auf sie zu. Er trug nun ein grünes T-Shirt, das seine muskulösen Oberarme betonte, und dunkelblaue Jeans. Um nicht den Anschein zu erwecken, Eli zu sehr anzuschauen, wandte sich Laura wieder Carlo zu, der sich eben von ihnen verabschiedete.

»Ich lasse euch den Wagen da, dann könnt ihr gleich loslegen«, meinte Carlo augenzwinkernd.

»Dein Rad hab ich schon repariert«, erwiderte Eli und wies auf das Mountainbike, das auf der Terrasse stand. »Dann bist du schneller wieder vorne.«

»Dank dir, dann viel Spaß.« Carlo fuhr davon und Eli ging schweigend mit Laura zu dem Wagen.

»Haben Sie einen besonderen Wunsch, was Sie zuerst sehen möchten?«, fragte Eli schließlich. Er sah Laura an. Laura hatte das Gefühl, beinahe in Elis Augen zu versinken. Wie konnten Augen nur so blau sein? Ohne dass sie es wollte, spürte sie, dass sie seinen direkten Blick unglaublich anziehend fand. Sein Ausdruck hatte etwas Melancholisches, Unnahbares, das Laura reizte. Doch das konnte sie nun wirklich nicht gebrauchen.

Bleib sachlich, ermahnte sich Laura streng. »Ich wollte die Poolanlage auf jeden Fall sehen, weil ich da das größte Potenzial für den neuen Prospekt vermute.«

»Na, dann beginnen wir doch gleich dort.«

Als sie das Schwimmbad erreichten, kam sich Laura mit ihrem Kostüm recht fehl am Platz vor. Vielleicht hätte sie sich doch etwas Legeres anziehen sollen. Ähnliches schien auch Eli zu denken, als er sie ein weiteres Mal musterte. Die Anlage war gigantisch. Es gab so vieles zu entdecken, dass sich Laura tatsächlich fragte, wie sie diese unzähligen Attraktionen auf den nur vier dafür vorgesehenen Seiten platzieren und erwähnen könnte. Sie eilte von einem Becken zum anderen und betrachtete die verschiedenen Blickwinkel. Die Bademeister gaben ihr bereitwillig Auskunft über die verschiedenen Becken und Leistungen für die Gäste. Sie notierte sich einiges und schoss mit der Digicam erste Fotos. Auf die Beleuchtung musste sie nicht achten, diese Fotos sollten nur als erste Planungsgrundlagen dienen. Eli unterhielt sich währenddessen mit einem der Bademeister, den alle Gian nannten. Eli taute richtig auf bei der Unterhaltung. Und Laura versuchte kurz zu hören, worüber sie sich unterhielten, doch durch das Lachen der Kinder und die Unterhaltungen der Gäste war es ihr unmöglich, etwas von dem Gespräch mitzubekommen. Sie machte ein Foto von dem künstlichen Wasserfall, der in ein rundes, von vielen grünen Büschen umstandenes Becken fiel. Traumhaft! Hier ließ es sich richtig schön entspannen. Notiz an mich, dachte sich Laura, wenn du hier fertig bist und mal wieder Urlaub hast, dann fährst du weg, du verbringst ihn nicht wieder zu Hause.

Laura sah zu ihrem Begleiter zurück. Eli lachte gerade über eine lustige Anekdote, die er von Gian eben erfahren hatte. Wow, so sieht er aus, wenn er lächelt, dachte sich Laura überrascht, weil sie sich in der kurzen Zeit schon an den dauerhaft mürrischen Ausdruck in seinem Gesicht gewöhnt hatte. Konzentriere dich auf deine Arbeit, ermahnte sie sich schließlich. Denk daran, warum du hier bist.

»Dass Sie in einer solchen Umgebung an Arbeit denken können, alle Achtung!«, meldete sich Eli schließlich zu Wort, nachdem er sie einige Minuten schweigend beobachtete hatte. Laura hatte gar nicht bemerkt, dass er so nah hinter ihr stand.

»Sie gehen auch nicht schwimmen, sondern reparieren lieber Ihr Motorrad.«

»Es gehört nicht mir«, erklärte Eli brüsk.

In Ordnung, dachte sich Laura, das Thema Motorräder sollte ich in jedem Fall meiden.

Als nächste Station fuhren sie zu den umgebauten Sanitäranlagen. Auch hier gab es viele neue Möglichkeiten für Motive. Im Sanitärbereich war nun viel mehr Platz für die einzelnen Bereiche eingeplant worden. Das Wasser, das täglich aus den Pools abgelassen wurde, kam der Umwelt zuliebe in eine Aufbereitungsanlage und wurde so für die Spülungen der Toiletten noch mal genutzt. Auf den Dächern der Sanitäranlagen hatte man Solaranlagen anbringen lassen, um Strom zu gewinnen für das Schwimmbad und die Geschäfte in der Mall. Eli wusste über diese Umbauten so genau Bescheid, dass Laura ihn mit keiner ihrer zahlreichen Zwischenfragen aus dem Konzept brachte.

»Sie sollten darüber nachdenken, Führungen zu geben. So wie Sie sich mit der Geschichte und den einzelnen Baufortschritten des Resorts auskennen, wäre es schade, wenn Sie nur mir diese Informationen erzählen würden«, erwiderte Laura ehrlich überrascht. Eli lächelte kurz, wurde dann aber sofort wieder ernst.

»Ich denke nicht, dass die Gäste an der Geschichte des Resorts interessiert sind. Die meisten möchten doch nur Urlaub machen.«

»Täuschen Sie sich da mal nicht. Eine kleine Chronik, mit Bildern unterfüttert, wäre für manche Urlauber ein schönes Souvenir. Unsere Firma hat auch schon für andere Urlaubsanbieter solche Broschüren hergestellt.«

Eli sagte daraufhin nichts. »Möchten Sie zum Strand?«, wechselte er stattdessen das Thema.

»Sehr gerne«, freute sich Laura und folgte Eli zum Wagen.

Wie auch schon beim Schwimmbad wirkte es absolut komisch, wie sie mit ihrem Kostüm und diesen lächerlich hohen Schuhen durch die Gegend stakste. Eli hielt nichts von solchen Verkleidungen, obwohl das Kostüm der Signorina auf elegante Weise ihre weibliche Figur betonte. Er hätte sich nie einen Job vorstellen können, in dem er sich irgendwie besonders schick anziehen musste, so wie Carlo mit Anzug und Krawatte, wenn Besprechungen anstanden. Aber eine innere Stimme in ihm empfand so etwas wie Anerkennung für die Signorina. Sie war eifrig bei der Sache, und das bei schönstem Wetter. Dabei schien sie beständig das Ergebnis ihrer Arbeit vor Augen zu haben und war mit so viel Motivation am Werk, dass inzwischen auch er schon auf die Präsentation gespannt war. Im Schwimmbad waren alle Bademeister ganz hingerissen gewesen von Signorina Giancomelli. Schlecht sah sie wirklich nicht aus. Sie war ziemlich klein, sodass sie mit ihren hohen Absätzen nicht mal so groß war wie er. Die langen schwarzen Haare hatte sie zu einem Dutt hochgesteckt. Einen kurzen Moment stellte sich Eli vor, wie diese Haare wohl offen aussahen. Der enge Rock ihres Kostüms war schwarz und ihr Blaser war dunkelrot. Eli waren schon Lauras Fingernägel aufgefallen, passend zum Kostüm hatte sie sie in Rot und Schwarz lackiert.

»Das ist ja traumhaft hier!«, rief Laura begeistert aus. Sie stand am Anfang eines kleinen Weges aus Steinplatten, der in den Sand hineinführte. Begeistert eilte sie den kleinen Pfad hinab. Sie wich den einzelnen Badegästen, die sie irritiert anstarrten, aus und blieb am Ende des Weges stehen. Es war Flut und ein ganzer Teil des Strandes, der bei Ebbe trocken war, stand nun unter Wasser. Mit jeder neuen Welle wurden Muscheln an den Strand gespült. Kinder auf Luftmatratzen mit Taucherbrillen oder Bällen, die sie sich gegenseitig zuwarfen, tollten lachend im Wasser. Andere bauten, unterstützt von ihren Eltern, Sandburgen oder gruben tiefe Löcher in den Sand. Überall am Strand waren verschiedene Schirme und Strandmuscheln aufgebaut, wodurch sich ein farbenfrohes Bild ergab. Laura war total hingerissen. Sie hatte bis auf das eine Mal, mit neun Jahren, noch nie Urlaub am Meer gemacht und hätte sich nicht träumen lassen, dass es so schön war.

Wenn ich mit diesem Job hier fertig bin, kaufe ich mir ein Strandhandtuch und lege mich ans Meer, dachte sie sich.

»Sie waren noch nicht oft am Meer, oder?«, fragte Eli hinter ihr. Schweigend und mit großem Erstaunen hatte er ihre Begeisterung mitbekommen. Er war als Kind, später als Jugendlicher und jetzt natürlich schon so oft am Meer gewesen, dass er es sich gar nicht mehr vorstellen konnte, wie es war, diesen Anblick das erste Mal zu erleben. Natürlich fühlte auch er sich wohl, wenn er den Sand zwischen den Zehen und den Wind auf der Haut spürte, doch er war weit davon entfernt, dies irgendjemandem zu zeigen.

»Einmal, als ich noch ein Kind war, mit meinen Eltern in Livorno. Seither hat es sich nicht mehr ergeben, dass ich ans Meer fahre.« Laura sah einen Bohlensteg, der ins Meer hinausragte. Ein paar Männer saßen am Ende des Steges und angelten.

»Wo wollen Sie denn hin?«, rief Eli ihr hinterher, als Laura begann, mit ihren Schuhen durch den Sand zu stöckeln. Sie merkte bald, dass es eine schlechte Idee war.

»Ich wollte nur zu dieser Stelle und von dort ein paar Fotos vom Strand machen«, erklärte Laura. Eli schaute skeptisch zu ihren Schuhen. Laura stieg die Holztreppe empor und ging den Steg entlang.

»Signorina, ich hoffe, Sie wissen, dass das hier ein Bohlensteg und kein Laufsteg ist?«, bemerkte Eli süffisant grinsend. Ein junges Pärchen, das eben auf dem Steg wieder Richtung Strand ging, grinste ebenfalls über diese Bemerkung. Laura ärgerte sich, über sich selbst, weil sie unbedingt über den Bohlensteg bis zum Ende gehen wollte, über Eli, weil er arrogant und unhöflich war, und über dieses Pärchen, das so dämlich gegrinst hatte. Sie versuchte sich nicht anmerken zu lassen, wie sehr sein

Kommentar sie kränkte, und ging ein paar Schritte weiter. Sie fotografierte den Strand von ihrem Standpunkt aus.

»Es war tatsächlich eine blöde Idee mit diesen Schuhen hierherzukommen«, wandte sie sich schließlich an Eli. Sie ging den ganzen Weg wieder zurück und war froh, als sie denn heil und ohne zu stolpern am Wagen angekommen waren. Eli trottete ihr schweigend hinterher. Er wusste, dass sein Kommentar vorhin nicht wirklich freundlich gewesen war, aber wieso zog sie auch solche Schuhe an?

»Wo möchten Sie jetzt hin? Die Geschäfte in der Mall haben noch auf, zumindest ein Teil davon.«

»Wenn es Ihnen nichts ausmacht, möchte ich jetzt gerne auf mein Zimmer zurück«, erwiderte Laura kurz angebunden. »Es war ein langer Tag.« Eli nickte und schlug den Weg zum Hotel ein.

»Also, dann danke ich Ihnen recht herzlich für Ihre Zeit und Ihre Mühe, Signor Grantham. Sie haben mir schon sehr geholfen«, sagte Laura förmlich, als sie aus dem Wagen ausstieg.

»Nicht der Rede wert. Ich hole Sie hier morgen um zehn Uhr ab.«

»Ach?!« Laura biss sich auf die Lippen. So zickig hatte sie nicht klingen wollen. Aber wie hätte sie auch auf die Idee kommen können, dass dieser Kerl sie noch weiter herumführen würde?

»Sie haben noch nicht alles gesehen, Signorina. Ich wollte Ihnen doch noch die Mall zeigen und die verschiedenen Geschäfte. Dann kann ich Ihnen auch noch ein paar der Angestellten vorstellen.«

»Um zehn Uhr? Das ist recht spät. Wie wäre es um acht Uhr?«

»Um acht Uhr schlafe ich noch, *Lovey*. Außerdem haben

da ein paar der Geschäfte noch zu. Und Sie wollen doch schließlich alles sehen. Also, bis morgen.«

Eli fuhr los und Laura starrte ihm mit offenem Mund hinterher. Hatte er sie gerade wirklich *Lovey* genannt? *Liebling.* Sie biss sich auf die Lippen. Nein, du grinst jetzt nicht wie eine 16-Jährige, so weit kommt's noch. Tief durchatmen. Okay, sprach sie zu sich selbst, als sie die Tür zu ihrem Zimmer aufschloss, was hast du daraus gelernt? Zieh morgen andere Schuhe an.

3. Kapitel

Laura wachte auf, noch bevor ihr Wecker klingelte. Das Büfett zum Abendessen gestern war herrlich gewesen, so viel Auswahl hatte sie in den Hotels, in denen sie übernachtet hatte, nur in den seltensten Fällen gehabt. Und alles, was sie probiert hatte, hatte wunderbar geschmeckt. Sie sah auf die Uhr. Kurz nach sechs und sie fühlte sich erholt und ausgeschlafen. Und das nach so einem Traum. Laura versuchte sich an die Einzelheiten zu erinnern, doch es gelang ihr nicht. Sie hatte von Eli geträumt. Zuerst hatte das Ganze nach einer Art Albtraum ausgesehen. Laura war bei dem Versuch, durch den Sand am Strand zu gehen, immer wieder stecken geblieben, sodass sie irgendwann gar nicht mehr vorwärtsgekommen war. Sie hatte Angst bekommen, und in dem Moment war Eli aufgetaucht und hatte sie zu dem Steg getragen. Das hatte sich gar nicht mal so schlecht angefühlt. Im Traum, versteht sich. An weitere Einzelheiten ihres Traumes konnte sich Laura nicht erinnern.

Du lieber Himmel, was würde ich schon von so einem unterkühlten Engländer wollen, dachte Laura und überlegte, wie sie den Tag am besten beginnen konnte. Als Letztes hatte sie noch schnell ihre Joggingschuhe mit in den Koffer geworfen. Vielleicht sollte sie die Gelegenheit gleich nutzen, um die Gegend besser kennenzulernen. Laura schlüpfte in ihr Sportoutfit. Sie ging an der Rezeption vorbei. Als sie vor dem Campingplatz stand, wandte sie sich nach rechts und lief los. Für einen kurzen Abschnitt war die Straße geteert und es fuhren recht viele Autos in Richtung des nächsten Ortes. Erfreut stellte Laura bald fest, dass dies nur kurz der Fall war, die Straße machte einen Knick, doch es gab einen kleinen Weg, dem sie geradeaus folgen konnte. Der Weg leitete sie direkt in den Pinienwald, der das Resort im Osten begrenzte. Der sandige, steinige Pfad schlängelte sich zwischen den Pinien dahin. Hin und wieder lag ein Pinienzapfen auf dem Weg. Laura nahm sich vor, in den nächsten Tagen ihre Kamera mitzunehmen. Der Weg stieg kurz an und bog schließlich Richtung Meer nach rechts ab. Laura kam auf eine Art Landzunge. Der Wald um sie lichtete sich und bald erhaschte Laura einen Blick auf einen Leuchtturm, der zwischen den letzten Pinien auftauchte. Laura hätte ewig so weiterlaufen können, und daher beschloss sie, bis zum Leuchtturm zu laufen. Dort bot sich ihr ein traumhaft schöner Anblick. Um sie herum lag das Meer. Die Wellen schlugen an den Strand. Bei dem Leuchtturm, mit Blick in Richtung Meer, stand eine Bank aus weißem Stein. Ein magischer Ort, dachte sich Laura. In einiger Entfernung konnte sie zwischen den letzten Pinien, die noch zum Campingplatz gehörten, Elis Bungalow ausmachen. Laura legte ihre Hand an den Stein des Leuchtturms und schloss die Augen. Es war herrlich! Sie verweilte für einige Zeit so. Horchte auf ihren Puls, der sich beim Joggen beschleunigt hatte, und genoss die Ruhe. Als sie sich umdrehte, um zurückzujoggen, sah sie Susann auf sich zukommen.

»Konnten Sie auch nicht mehr schlafen?«, fragte sie Laura.

»Ich bin eigentlich eine Frühaufsteherin und mir scheint, dass lässt sich nicht mal hier abschütteln«, erwiderte Laura lächelnd.

Susann lächelte ebenfalls, dann sah sie über das Meer und über den Strand bis hin zum Resort.

»Es ist traumhaft, ich würde nie mehr woanders sein wollen«, sagte Susann unverwandt. »Ich glaube, ich habe mich damals gleichzeitig in Carlo und in diese Landschaft verliebt. Das lässt einen nicht mehr los, da müssen Sie aufpassen.«

»Vermissen Sie Ihre Heimat denn gar nicht?«, fragte Laura plötzlich.

»Ich vermisse meine Mutter und ein paar gute Freunde, aber ich würde mich sofort wieder für Carlo und das Resort entscheiden. Außerdem fühlt sich auch meine Tochter Emilie hier zu Hause. Das ist für mich das Wichtigste.« Susann sah Laura an und Laura bewunderte die Art, wie Susann in sich ruhte. Sie strahlte so eine Selbstsicherheit aus, dass sich Laura plötzlich sehr jung fühlte.

»Sollen wir zurückjoggen, Laura?«, fragte Susann sie.

»Ja. Ich werde morgen wohl wiederkommen, diesmal mit meiner Kamera.«

Es war wenige Minuten nach halb acht Uhr, als Laura ihre Mutter anrief. Sie berichtete ihr schnell von den Ereignissen des vergangenen Tages. Dass Eli so unfreundlich und unterkühlt wirkte, ließ sie in ihrer Erzählung aus.

Was hatte er sich da nur dabei gedacht, kam es Eli in den Sinn, als er sich auf den Weg zu Laura machte. Manchmal nannte er zum Spaß seine Schwester *Lovey*, aber diese Frau so zu nennen, das war einfach … ja, was war es denn? Dumm, albern? Eins von beiden sicherlich. Eli seufzte. Er wusste nicht, was ihn da geritten hatte. Vielleicht hatte sie es ja auch gar nicht verstanden. Ein Seitenblick auf die Uhr sagte ihm, dass er mehr als pünktlich war. Man konnte ihm sicherlich einiges vorwerfen, dass er manchmal unnahbar und verschlossen, vielleicht auch arrogant wirkte, in Ordnung, das wusste er selbst. Das hatte auch der Unfall auf keinen Fall verbessert, aber unpünktlich war er nicht. Eli stellte den Wagen ab und wartete, da kam Laura auch schon aus dem Hotel direkt auf ihn zu. Erst hätte Eli sie fast nicht erkannt. Er hatte nach einer Frau im Business-Outfit Ausschau gehalten mit übertrieben hohen Schuhen und Dutt. Heute sah die Signorina ganz anders aus. Sie trug einen weiten, dunkelblauen Rock, der ihr bis zu den Waden ging, eine dunkelrote, kurzärmlige Bluse und flache Sandaletten. Die Haare hatte sie hochgesteckt und an ihren Ohren blitzten große Kreolen. Quer über der Schulter trug sie eine große Tasche, in der sie mit Sicherheit eine Kamera dabeihatte.

»Guten Morgen, Signor Grantham. Sie sind sehr pünktlich. Verzeihung, wenn Sie warten mussten«, sagte sie fröhlich. Sie setzte sich zu ihm in den Wagen. Ihr folgte der leichte fruchtige Duft nach Pfirsich und Mango. Bestürzt stellte Eli fest, dass er sie anstarrte.

»Guten Morgen, ich bin eben auch erst gekommen«, erwiderte er bloß, denn es fiel ihm nichts Besseres ein. Wo wollten sie noch mal hinfahren? Was war nur eben mit ihm los?

»Fahren wir gleich direkt zur Mall?«, fragte ihn die Signorina. Die Mall, stimmt. Eli biss sich auf die Lippen. Konzentrier dich, verdammt.

»Ja, natürlich.«

Die Mall war noch schöner als gedacht. Viele schön bepflanzte Blumentröge standen an verschiedenen Stellen. Familien gingen zum Einkaufen. Väter kauften ihren Kindern Eis. Hat das dein Vater jemals gemacht?, fragte eine leise Stimme in Laura. Hat er dir und deinem Bruder denn überhaupt jemals ein Geschenk gemacht? Hat er euch jemals gezeigt, dass er euch liebt?

Laura merkte, wie die Traurigkeit, die sie schon lange

hinter sich gelassen zu haben glaubte, plötzlich wieder einen Teil ihrer Gedanken ausmachte. Das ist nicht der richtige Moment, sagte sie sich. Nicht jetzt, nicht hier. Nicht wenn er neben mir steht. Lauras Blick fiel auf Eli. Heute erinnerte nichts mehr an den Mann, den sie gestern kurz gesehen hatte, als er sie *Lovey* genannt hatte. Das Lächeln, das bis zu seinen Augen gereicht hatte. Das Lächeln, das sie einen Moment sprachlos gemacht hatte. Jetzt wirkte Eli wieder so mürrisch und unnahbar wie die meiste Zeit des gestrigen Tages. Ob es an seinem Unfall lag? Was machte sie sich darüber überhaupt Gedanken. Sie sollte sich besser auf ihren Job konzentrieren. Darum ging es hier. Sie sollte eher dankbar dafür sein, dass Eli keine weiteren Flirtversuche wagte.

Eli sprach über die Mall. Sie war in den letzten Jahren immer mehr ausgebaut worden, denn immer mehr kleine Geschäfte waren dazugekommen. Nicht bei allen Geschäften wusste Eli genau, seit wann sie im Resort ihre Türen geöffnet hatten. Laura und Eli schlenderten an einem Schmuck- und an einem Modegeschäft vorbei. Laura warf einen kurzen Blick auf die bunte Strandmode. Im Schmuckgeschäft gab es viele Gegenstände aus Muranoglas und Laura verliebte sich sofort in eine kleine blaue Eule.

»Sie sieht wirklich goldig aus, finden Sie nicht?«, fragte Laura begeistert.

Eli sah kurz auf die Eule. Er zuckte nur mit den Schultern. »Ja, sie ist ganz schön, wenn man Eulen mag. Es sind Einzelstücke. Wenn Sie sie haben wollen, sollten Sie die Eule gleich kaufen, oder Sie lassen sie für sich zurücklegen.« Und schon wieder kam sich Laura mit ihrer Begeisterung kindisch vor. Elis Stimmung schwankte so stark und es irritierte sie sehr. Wenn er von dem Resort erzählte, konnte Laura fast spüren, wie ihm diese Gegend am Herzen lag, und in dem Moment, wo sie über das Resort hinaus eine Frage stellte, hatte sie das Gefühl, dass Eli sofort auf Abstand ging. Seine Antworten waren kurz angebunden.

Bei dem Fischstand, der nur unter der Woche am Vormittag und zwei Stunden am Abend in der Mall stand, wurden sie von dem Verkäufer angehalten, den frittierten Fisch von heute zu probieren. In einem anderen Geschäft gab es alles, was zum Campen gebraucht wurde. Laura sah Gaspatronen, Citronella-Kerzen, Teekannen, Sitzkissen, Geschirr, Zahnbürsten und vieles mehr, was Urlauber zu Hause vergessen konnten. Es gab einen Zeitungsladen mit Postkarten des Resorts und der Umgebung. Laura nahm sich vor, bald eine Karte zu kaufen und ihrer Mutter zu schreiben. Sie bekam so selten Postkarten, obwohl sie sich immer so darüber freute.

»Ich schreib ja auch selbst keine, dann muss ich verstehen, dass ich auch keine bekomme«, sagte sie immer.

»Jetzt fällt mir ein, wen Sie auf jeden Fall kennenlernen müssen!«, rief Eli plötzlich aus. Er griff nach Lauras Hand und zog sie zum *Supermercato*. Laura ließ sich von Eli in die angegebene Richtung führen. Ein feines Prickeln breitete sich in ihrem Körper aus, als ihr Elis Berührung bewusst wurde. Auch Eli schien eben zu merken, dass er ihre Hand hielt. Sofort ließ er sie wieder los. Sie durchquerten den Laden, gingen an den Kühlgeräten vorbei, bis sie zu den Backwaren kamen.

»Ciao Daniele!«, rief Eli und ein älterer, beleibter Mann kam hinter der Theke hervor.

»Eli, es ist schön, dich mal wieder zu sehen, Junge.« Daniele und Eli begrüßten sich per Handschlag. Sie schienen sehr gut befreundet zu sein. Obwohl sie sich nicht im Geringsten ähnelten, hätte ein Außenstehender die beiden für Vater und Sohn halten können.

»Und wer ist diese wunderschöne Signorina? Möchtest du uns nicht bekannt machen, Eli?«, fragte Daniele lachend. Seine gute Laune war ansteckend. Das Resort hatte einen eigenen Bäcker und diese Position bekleidete Daniele wohl schon seit vielen, vielen Jahren.

Eli machte sie miteinander bekannt. Daniele bot Laura sofort an, ihn zu duzen. Eli und Laura erzählten Daniele abwechselnd von Lauras Aufgaben. Daniele war sehr interessiert. Irgendwann erklärte Eli an Laura gewandt: »Wenn es etwas gibt, was ich nicht weiß, was mit diesem Resort zu tun hat, dann müssen Sie Daniele fragen. Er ist schon seit Bestehen des Resorts hier, müssen Sie wissen. Er weiß alles, und wenn er es nicht weiß, ist es nicht wichtig.« Eli taute richtig auf und wieder bekam Laura einen kleinen Eindruck von dem Mann, der er vor dem Unfall gewesen war.

»Du schmeichelst mir, Eli. Ich brauche immer noch einen Nachfolger. Hast du noch immer kein Interesse?«, fragte Daniele plötzlich.

»Das frühe Aufstehen, Daniele, dass schaffe ich nicht. Aber vielleicht wirft Katie ja doch irgendwann ihren Job hin und dann hättest du die perfekte Kandidatin gefunden. Du kennst sie ja, sie hat nichts dagegen, früh auf den Beinen zu sein, und sie ist eine Perfektionistin, da sehen alle Brötchen dann sicherlich vollkommen identisch aus.«

»Das stimmt, Eli, da bringst du mich auf eine Idee. Wenn ich deine kleine Schwester das nächste Mal sehe, frage ich sie«, beschloss Daniele.

»Das kann aber noch dauern, zurzeit ist sie bei der Zeitung ziemlich eingespannt.«

»Was möchten Sie noch sehen?«, fragte Eli, als sie nach einer Dreiviertelstunde wieder in der Mall standen. Daniele hatte Laura viele weitere Informationen gegeben, seit wann es den *Supermercato* gab und welche Geschäfte in der Mall nach und nach dazugekommen waren. Laura hatte sich eifrig alles mitnotiert. Für den Resortprospekt konnte sie nur einen kleinen Bruchteil brauchen. Inzwischen war Laura aber eine andere Idee gekommen, die sie aber erst noch mit ihrem Chef besprechen musste.

»Ich würde gerne noch einmal zum Strand«, entgegnete Laura, als sie merkte, dass sie Eli noch gar keine Antwort gegeben hatte. Eli nickte daraufhin nur. Sie stiegen in den Wagen und fuhren Richtung Meer.

Wie am Vortag waren viele Urlauber am Strand. Die Wellen rauschten und die beginnende Ebbe gab einigen Kindern nun noch mehr Platz für ihre Sandburgen. Dieser Anblick von Sonne, Strand und Meer konnte nie alltäglich werden, dachte sich Laura und zog, nachdem sie den Weg aus Steinplatten entlanggegangen waren, ihre Sandalen aus.

»Wenn es Ihnen nichts ausmacht, möchte ich dieses Mal bis zum Ende des Steges gehen«, erklärte Laura. Auch an diesem Tag waren viele Boote entlang des Bohlensteges festgemacht. Am Ende des Steges saßen wieder zwei Angler. Eli hatte wie gestern eine Jeans an und zog seine Schuhe auch nicht aus. Er folgte Laura bereitwillig zum Steg. Laura fand es traumhaft. Ihre Füße im Sand. Das fühlte sich einfach herrlich an. Laura genoss den Wind, der ihr warm ins Gesicht blies. Kurz blieb sie stehen und schloss die Augen. Sie nahm die Eindrücke bewusst in sich auf. Die warmen Sonnenstrahlen auf ihren Armen, der ebenfalls warme Wind, der aber trotzdem für eine leichte Abkühlung in der Hitze sorgte. Den Geruch des

Meeres. Als Laura die Augen öffnete, merkte sie, dass Eli sie überrascht beobachtet hatte. Sein Blick war in keiner Weise negativ, nur überrascht. Laura hatte sogar gemeint, dass ein kleines Lächeln auf seinen Lippen gelegen hatte, doch sobald sie ihn ansah, war dieses Lächeln verschwunden und dem ernsten Ausdruck gewichen, der ihr inzwischen so vertraut war. Reserviert, in sich gekehrt, in manchen Momenten mürrisch und bestenfalls nachdenklich. Das waren Wörter, die Laura in den Sinn kamen, wenn sie ihr Gegenüber ansah. Und wieso fasziniert dich das?, fragte eine leise Stimme sie. Doch darauf hatte sie keine Antwort.

Schweigend liefen sie den Steg entlang. Am Wasser war es kühler als am Strand. Links und rechts entlang des Steges waren kleine Boote festgemacht. Die meisten vermutlich von Fischern. Hin und wieder sah Laura ein Tretboot dazwischen.

»Können Urlauber die Tretboote mieten?«, fragte Laura an Eli gewandt.

»Ja, dort hinten, sehen Sie die Strandbar, dort können die Tretboote und auch Kajaks und Surfboards gemietet werden.«

Laura machte sich dazu wieder eine kleine Notiz auf ihrem Zettel.

»Wenn Sie mit einem Boot aufs Meer rausfahren möchten, müssen Sie allerdings nur etwas sagen, dass lässt sich ohne Weiteres arrangieren. Carlo hat ein Boot«, fuhr Eli fort.

Laura sah zu ihm hoch und sie lächelte. Eli erstarrte. Sein Herz schlug ihm so heftig gegen die Brust und er hatte schon wieder vergessen zu atmen. Was an diesem Lächeln ließ ihn nur immer wieder so reagieren? Er zwang sich, einen Punkt am Horizont hinter Lauras rechter Schulter zu fixieren.

»Auf diesen Vorschlag komme ich sicher gerne noch mal zurück, Signor Grantham. Schon die Überfahrt mit dem Wassertaxi war ein Traum. Ich habe sehr viele Fotos gemacht. Bestimmt dachte sich der Fahrer schon, ich wäre noch nie auf dem Wasser gewesen.«

Sie gingen weiter den Steg hinaus, bis zu den Anglern, die am Ende saßen. Laura drehte sich um und hatte einen traumhaften Ausblick auf den Strand. Das würde ein herrliches Motiv werden. So konnte sie die gesamte Breite des Strandes mit ihrem Weitwinkelobjektiv erfassen.

»Soll ich Ihnen Ihre Schuhe halten, während Sie fotografieren?«, fragte Eli Laura, als er bemerkte, dass sie ihre Kamera aus der Tasche holen wollte.

»Das wäre sehr nett, vielen Dank.« Schon wieder erntete er dieses Lächeln, das ihm den Atem raubte. Ihre Finger berührten sich kurz, als er ihr die Schuhe abnahm. Die Stelle, an der sich ihre Finger berührt hatten, schien Wellen durch seinen ganzen Körper zu senden. Was war nur heute mit ihm los?

Laura ersetzte das normale Objektiv durch ihr Weitwinkelobjektiv und ging in die Hocke. Der Steg zeichnete sich deutlich im Vordergrund ab. Sie hatten Glück, denn es waren nur wenige Menschen auf dem Bild zu sehen, die ebenfalls auf den Steg hinaus gewandert waren. Der Strand wurde scharf in der Ferne abgebildet und die Wolkenstrukturen wurden beeindruckend wiedergegeben. Laura machte in ihrer hockenden Position zwei Bilder. Dann stand sie auf und fotografierte noch einmal dieselbe Ansicht. Sie würde auf ihrem PC die Bilder vergleichen.

Eli beobachtete Laura schweigend, während sie fotografierte. Sie sprach die Angler an, ob es ihnen etwas ausmachte, wenn sie sie ebenfalls mit dem Meer im Hintergrund fotografierte. Natürlich waren die beiden einverstanden. Im Gegenteil, Eli konnte sehen, wie die zwei sich plötzlich ziemlich wichtig vorkamen und ihre Armmuskeln anspannen, um möglichst kraftvoll auf den Bildern auszusehen.

»Bitte bleiben Sie ganz natürlich, so wie eben«, meinte Laura an die Angler gewandt. Sie begann sich mit den beiden zu unterhalten. Wie oft sie hier angelten, was man hier fing? Dann machten sich Laura und Eli auf den Rückweg.

»Ganz entspannt wirkten die beiden nicht«, bemerkte Eli.

»Ich habe die zwei schon fotografiert, bevor ich sie angesprochen habe. Das ist auch das beste Bild geworden. Hätten sie Nein gesagt, hätte ich das Foto auch wieder löschen können, aber ich dachte mir schon, dass ich die zwei nicht mehr so schön aufs Bild bekomme, wenn sie erst wissen, dass sie fotografiert werden«, erwiderte Laura.

Eli dachte kurz darüber nach. Da hatte sie wohl recht.

»Ich wollte noch ein Bild von der Strandbar machen«, fügte Laura hinzu und blieb am Ende des Steges stehen. Eli beobachtete sie, während sie zwei Bilder von der Bar machte.

»Dann müssen Sie aber auch noch am Abend hier vorbeischauen, da ist etwas mehr los.« Er selbst war bis jetzt nur wenige Male am Abend hier gewesen, normalerweise war er bei sich im Bungalow. Carlo versuchte alles, um ihn wieder unter Menschen zu bringen, und so war er recht häufig bei seinem Bruder, wenn die Familie grillte, doch auf Bars und Clubs hatte Eli keine Lust mehr. Ja, seit wann eigentlich? Lag es an Chelsea oder an dem Unfall?

»Ist das hier auch alles beleuchtet? Das wäre ganz schön fürs Foto«, riss ihn Laura aus seinen Gedanken.

»Ja, meistens schon, und wenn nicht, lässt sich das bestimmt machen.«

»Dann werde ich die nächsten Tage am Abend auf jeden

Fall hier vorbeischauen.« Laura packte ihre Kamera in die Tasche. »Jetzt kann ich meine Sandalen wieder selbst tragen.« Eli gab ihr die Schuhe zurück, und als sich ihre Hände kurz berührten, konnte er schon wieder das Prickeln fühlen, das er auch schon gespürt hatte, als sie ihm ihre Sandalen gegeben hatte.

Im Sand vor sich sah Laura eine Muschel liegen. Es war eine geriffelte Herzmuschel. Sie zeigte alle verschiedenen Braun- und Beigetöne und ein dunkelroter Rand umfasste die ganze Muschel. Laura hob sie sofort auf. Die war ja traumhaft schön. Sie hatte insgeheim gehofft, dass ihr Fund unentdeckt bleiben würde, doch Eli war neben sie getreten. So nah, dass sie die Wärme, die von seinem Körper ausging, spüren konnte.

»Was haben Sie gefunden?«, fragte er sie neugierig.

»Nur eine Muschel.« Laura hielt ihm stolz ihr Fundstück hin. Eli nahm ihr die Muschel aus der Hand und betrachtete sie eingehend.

»Solche Muscheln finden Sie hier in tausendfacher Ausführung, mal bräunlich rot oder in Grüngelb- und Grautönen. Wenn Sie die mitnehmen, werden Sie alle paar Meter eine finden, die ebenso schön ist.«

»Diese hat eben etwas Besonderes, finde ich.« Laura zuckte nur mit den Schultern. Eli musterte sie und gab ihr die Muschel zurück.

»Sie sind sonderbar.« Auf diese Äußerung hin sah Laura Eli entrüstet an. Was meinte er denn bitte schön damit?

»Verstehen Sie mich bitte nicht falsch«, versuchte Eli zu erklären, als er Lauras verständnislosen Blick bemerkte. »Ich meine das in keiner Weise negativ. Sie sind einfach ganz anders, als ich mir jemanden aus der Werbebranche vorstelle. Bisher hielt ich Leute wie Sie immer für oberflächlich.«

»Und jetzt halten Sie Leute wie mich nur noch für sonderbar«, warf Laura ein.

»Sie scheinen mich mit Absicht falsch verstehen zu wollen«, ereiferte sich Eli. Er war stehen geblieben und sah Laura direkt in die Augen. »So hatte ich das nicht gemeint. Sie sind einfach ganz anders, als ich erwartete hatte, und das meine ich positiv.« Laura lächelte ihn schelmisch an, während Eli versuchte, mit Worten auszudrücken, was er empfand.

»Ach, Eli«, sie strich ihm dabei kurz über die Schulter, »ich weiß doch, wie Sie das meinen. Ich nehme Ihr ›sonderbar‹ gerne als Kompliment an.« Sie lachte ihn freundlich an und ging dann weiter. Eli starrte ihr nach. Er spürte wie die Haut an seiner Schulter unter dem T-Shirt zu kribbeln begann. Lag das an ihrer Berührung? Und wieso hatte er die Luft angehalten, als sie seinen Namen ausgesprochen hatte, und wieso wollte er, das sie seinen Namen möglichst bald wieder aussprach? Seine ganze Schulter schien zu glühen. Er sah Laura nach. Sie war ziemlich klein, das war offensichtlich, doch nun wanderte sein Blick langsam höher. Von ihren zierlichen Füßen, den gebräunten Waden zu ihrem Rock, der ihre Taille betonte. Sein Blick glitt ihren schmalen Rücken entlang hoch zu ihrem Nacken. Was ist nur los mit mir? Was reizt mich so an ihr? Er musste auf andere Gedanken kommen, am besten er ging zurück zu seinem Bungalow. Er durfte sich nicht weiter in die Gefahr bringen, dass er ihr näher kam, zumindest jetzt nicht. Er schloss zu ihr auf und überlegte sich eine Ausrede.

»Ich denke, ich gehe mal zurück zum Hotel und werde die Fotos und Informationen, die ich mir notiert habe, auf meinem PC zusammentragen«, verkündete Laura, als sie beim Wagen angekommen waren. Als hätte sie seine Gedanken gelesen.

»In Ordnung. Aber Sie müssen nicht laufen. Ich würde Sie noch gerne begleiten.« Schweigend fuhren sie zum Hotel zurück. Nun, da sie sich für den Rest des Tages trennten, wurde Eli bewusst, dass er gerne noch den Nachmittag mit ihr verbracht hätte.

»Ich gebe Ihnen meine Handynummer, dann können Sie mich bei Fragen jederzeit anrufen«, hörte Eli sich sagen. Ohne zu zögern zog Laura ihr Handy aus der Tasche und notierte sich seine Nummer.

»Vielen Dank. Darauf komme ich sicher zurück!«

Eli sah Laura kurz nach, als sie zum Hotel ging. Dann fuhr er zu seinem Bungalow zurück. Natürlich hatte er ihr seine Nummer geben müssen, wen sollte sie denn sonst fragen wegen Informationen zum Resort. Carlo war zurzeit schließlich sehr beschäftigt. Aber als er den Wagen vor seinem Bungalow abstellte, wurde ihm klar, dass er sich nichts vormachen konnte. Er wollte einfach, dass er es war, den sie anrief. Er ging zur Norton, die ausgebauten Teile lagen noch immer auf der Terrasse und warteten darauf, dass er sie wieder zusammenschraubte. Eli ließ sich in einen der Stühle fallen und starrte aufs Meer. Sei nicht albern, sagte er sich. Die Frau hat genug zu tun und du bist ja auch nicht an einer festen Beziehung interessiert, und so ernsthaft, wie sie wirkt, ist sie keine Frau für eine Nacht. Vielleicht lag es daran, dass er seit seinem Unfall mit keiner Frau mehr geschlafen hatte, dass er sich nun so zu ihr hingezogen fühlte. Eli schüttelte den Kopf. Laura trug zwar keinen Ring, aber da gab es bestimmt jemanden in ihrem Leben.

Bestimmt brachte ihn die Arbeit am Motorrad auf andere Gedanken. Er zog sich ein Arbeitsshirt und seine Arbeitshose an, dann schaltete er das Radio in der Küche an, ließ die Tür zur Terrasse auf und begann die Teile, die er ausgebaut hatte, zu säubern. Die neuen Teile, die er im Internet bestellt hatte, mussten demnächst mit der Post kommen und dann würde er die Norton Commando hoffentlich ohne Probleme zusammenbauen können. Mit etwas Glück würde sie bald wieder ordentlich laufen und er konnte sie seinem Vater zurückgeben. Von *Zucchero* erklang *Senza una donna* aus dem Radio. *Ohne Frau zu sein.* Eli reinigte die Teile und hörte auf den Songtext. Gelitten hatte er wegen Laura nicht, vielleicht noch nicht. Nachdem Chelsea in verlassen hatte, hatte er gelitten. Und er hatte sich geschworen, nie wieder mit einer Frau etwas Festes anzufangen. Es war nun einmal besser so, wenn man sich nicht fest an jemanden band, konnte man auch nicht verletzt werden. Lass es einfach, sagte sich Eli. Lass sie ihre Arbeit machen, dann fährt sie wieder und du hast deine Ruhe.

Laura sah auf ihr Handy. Sie konnte seine Handynummer nun schon fast auswendig. Sie hätte den Tag gerne noch mit Eli verbracht. Doch sie musste sich auf ihre Arbeit konzentrieren. Was hatte Eli nur an sich, dass sein Blick sie jedes Mal bis ins Innerste zu treffen schien? Diese stahlblauen Augen. Die Melancholie und das Schwermütige, das ihn immer zu umgeben schien, baute sich immer wieder wie eine Wand zwischen ihnen auf, doch die wenigen Momente, in denen er sie mit diesem schiefen Lächeln ansah oder mit so viel Wärme in der Stimme vom Resort sprach. Diesen Menschen wollte Laura besser kennenlernen, diesen Mann mochte Laura gerne immer um sich haben. Es war verrückt, aber so stand es um sie. Und als er vorhin versucht hatte, die richtigen Worte für sein eigenartiges Kompliment zu finden – Laura lächelte bei dem Gedanken. Eli hatte so ehrlich gewirkt.

Vielleicht hatte Giorgio Schuld daran, dass Laura nach wie vor Angst hatte, auf diese perfekten, wortgewandten Typen hereinzufallen. Sie erinnerte sich noch gut daran, wie ihre Kolleginnen ganz begeistert von Giorgio geschwärmt hatten. Er habe so gute Umgangsformen, das hatten die Kolleginnen immer bewundert, und die Kollegen in ihrer Firma hatten, wie sie später herausgefunden hatte, immer gesagt, Giorgio lasse nichts anbrennen. Solche Typen kamen für Laura nicht mehr infrage. Sie wollte niemanden mehr an ihrer Seite haben, der ständig eine Show abzog. Sie wollte jemanden haben, der ehrlich war.

Laura lehnte sich in ihrem Schreibtischstuhl zurück. Aber war Eli ein ehrlicher Mensch? Er schien ein unbeschwerter und vor allem auch an allen möglichen Dingen interessierter Mann gewesen zu sein. Immer wieder, während er sprach, war dies kurz zu sehen. Doch dann legte sich wieder diese schwermütige Stimmung über ihn und er wurde wortkarg und introvertiert. Aber eigentlich schien er viel mehr zu sein. Vielleicht fühle ich mich bei ihm deswegen wohl, weil ich spüre, dass er sich nicht mal selbst etwas vormachen kann, dachte sich Laura.

Doch nun sollte sie sich wirklich auf ihre Arbeit konzentrieren. Laura hatte sich, nachdem sie Eli und Daniele zugehört hatte, nun immer mehr mit der Idee angefreundet, doch eine Chronik über das Resort zu erstellen. Doch diese Idee wollte sie zuerst mit ihrem Chef besprechen.

Laura sah auf die Uhr. Ihr Chef machte pünktlich um 12.30 Uhr Mittag, aber inzwischen war es schon Nachmittag, da sollte sie ihn im Büro antreffen.

Sie wählte die Nummer, und bereits nach dem ersten Klingeln nahm ihr Chef ab.

Er hatte Lauras Handynummer schon am Display erkannt, denn er begrüßte sie gleich mit mehreren Fragen.

»Laura, wie geht's dir, Kleine? Ist es so, wie ich es dir beschrieben habe? Wie kommst du voran?«

Laura musste lächeln. So war ihr Chef, Marcello Mazzini. Ihm war seine Firma sehr wichtig, doch anders als bei den anderen Firmen, in denen Laura schon gearbeitet hatte, wenn auch nur kurz während der Praktika, interessierte sich ihr Chef nicht nur für die Ergebnisse, sondern auch für seine Mitarbeiter. Und so war es nicht verwunderlich, dass die erste Frage an sie lautete, wie es ihr ging.

»Mir geht's sehr gut, Marcello. Es ist traumhaft schön hier, schöner, als ich gedacht hätte.« Laura sah aus ihrem Bürofenster auf den Pinienwald. »Es wird schwer, sich für die schönsten Fotomotive, die in den Prospekt kommen, zu entscheiden.«

»Das freut mich, dass es dir gefällt. Als wir den Auftrag bekommen haben, wusste ich schon, dass du dich am besten dafür eignen würdest«, entgegnete Marcello.

»Ich habe mir bisher nur die ersten Notizen gemacht und Ideen notiert, mehr nicht. Denkst du nicht, du bist ein bisschen zu schnell mit deinem Lob?«, fragte Laura skeptisch.

»Laura, bitte, hör auf dein Talent ständig so unter den Scheffel zu stellen. Ich weiß, was du kannst, und das solltest du auch wissen. Haben sie dir schon einen Zeitpunkt genannt, wann du ihnen deine Vorschläge präsentieren sollst?«

»In zwei Wochen habe ich die Präsentation. Mit dem Termin müsste es klappen, wenn ich mich ranhalte, und bei Rückfragen stehen mir hier alle zur Verfügung. Das ist toll. Ich wollte dir aber noch etwas anderes erzählen. Was hältst du von einer Chronik über das Resort? Es wird ja nun bald 50 Jahre alt und ich habe inzwischen so viele Informationen zusammen, dass ich damit fast ein Buch schreiben könnte. Wenn du zustimmst, hätte ich Carlo Liccardi wegen alter Fotos gefragt.«

»Siehst du, was sage ich, du bist großartig, das ist eine wunderbare Idee! Natürlich, Edmondo und Carlo sind in solchen Dingen sehr aufgeschlossen. Wenn sie zustimmen, wäre das eine hervorragende Ergänzung zu dem Prospekt.«

»Das dachte ich mir auch. Es wäre eine andere Art von Souvenir, und ich habe zwei Leute gefunden, die sehr viel über das Resort wissen. Der eine ist Daniele, der Bäcker, und der andere ist Eli, Carlos Bruder.«

»Ich wusste gar nicht, dass Carlo noch einen Bruder hat«, erwiderte Marcello überrascht. Er kannte Edmondo sehr gut, weil er schon selbst seit vielen Jahren im Resort Urlaub machte, und auf diesem Wege hatte er auch die Kinder von Edmondo kennengelernt.

»Eli heißt mit Nachnamen auch nicht Liccardi, sondern Grantham.«

»Eli Grantham, so hieß auch ein Motorradfahrer. Mir fällt jetzt eben bloß nicht ein, ob MotoGP oder Supermoto.«

»MotoGP«, sagte Laura nur. Am anderen Ende der Leitung wurde es kurz still, eine seltene Begebenheit, wenn Laura mit ihrem Chef telefonierte.

»Das ist ja ein Ding, davon hatte ich nichts gewusst. Eli Grantham der Sohn von Edmondo Liccardi.« Marcello schien wirklich erstaunt zu sein. »Stimmt, MotoGP. Ich habe ihn mal in Mugello fahren sehen. Der Junge war gar nicht schlecht.« Es war eine Angewohnheit von Lauras Chef, dass er alle Leute, die vom Alter her gesehen seine Kinder sein konnten, entweder als »Junge« oder bei Frauen häufig als »Kleine« bezeichnete. Sie plauderten noch ein wenig und Laura versprach, sich bald wieder zu melden.

4. Kapitel

Laura sah sich noch einmal ihre Ausdrucke an. Die einzelnen Seiten des Prospektes hatte sie mit einem Desktop-Publishing-Programm entworfen und abgespeichert. Mit der Gestaltung der Seiten war sie fertig. Der Text und die Bilder harmonierten perfekt. Blieb nur zu hoffen, dass es auch den Liccardis ebenso gut gefiel wie ihr. Die beiden Maskottchen des Resorts hatte sie von einem Kollegen in Bozen neu entwerfen lassen. Es gab eine Muschel und ein Seepferdchen. Angedacht war, dass die beiden zumindest auf allen Souvenirs für die Kinder zu sehen waren. Laura hatte von ihrem Kollegen zwei Entwürfe bekommen. Bei dem einen sahen die Maskottchen comichaft und sehr niedlich aus, bei dem anderen waren die Muschel und das Seepferdchen eher der Realität nachempfunden. Jeder Entwurf hatte Vorteile, und so hatte Laura nach Rücksprache mit ihrem Chef beschlossen, dass sie den Liccardis beide Entwürfe präsentieren würde. Diese konnten sich dann entscheiden, welche Maskottchen ihnen lieber waren.

Als sie an diesem Abend zu arbeiten aufhörte, war sie die Letzte im Büro. Es war Montagabend, nur noch drei Tage, um die Ergebnisse in eine vorzeigbare Form zu bringen, und am Freitag würde sie ihre Präsentation halten. Aber Laura zweifelte nicht daran, es zu schaffen. Die meiste Arbeit war getan. Sie lag gut in der Zeit und schätzte, dass sie schon am Mittwochabend oder Donnerstagvormittag fertig werden würde. Carlo und sie waren letzten Freitag Abendessen gewesen und er hatte sie gefragt, wie sie vorankam und ob sie mehr Zeit brauchte. Laura hatte ihm versichert, dass sie es zeitlich sicherlich schaffen würde. Sie hatte mit Carlo in dem Restaurant in der Mall gesessen. Als der Nachtisch serviert wurde, hatten sie Eli gesehen, der eben durch die Mall ging und sich im Zeitungsgeschäft eine Motorradzeitschrift gekauft hatte.

»Eli, setz dich doch zu uns«, hatte Carlo gerufen. Eli hatte nicht wirklich begeistert gewirkt, sich aber zu ihnen gesetzt. Laura hatte er mit einem intensiven Blick kurz gemustert. Eli hatte einen Espresso bestellt, diesen in Windeseile getrunken und sich dann wieder von ihnen verabschiedet.

»Hat mein Bruder Ihnen helfen können, als er Ihnen das Resort gezeigt hat?«, war Carlos erste Frage gewesen, nachdem Eli sie wieder alleine gelassen hatte.

»Sehr, Ihr Bruder und Daniele waren der Grund, warum ich auf die Idee mit der Chronik gekommen bin. Eli weiß so viel und es ist wirklich schade, wenn er es nur einzelnen Leuten erzählt.«

»Die Idee mit der Chronik ist wirklich großartig und ich denke auch, dass es eine gute Entscheidung war, dass Eli nun hier ist«, hatte Carlo mehr zu sich selbst gesprochen.

»Warum wohnt Ihr Bruder nun nicht mehr in London?« Laura hatte die Frage schon lange auf der Zunge gebrannt, doch sie hatte nie gewagt, sie auszusprechen. »Also, Sie müssen nicht antworten, wenn Sie nicht möchten, die Frage kam mir nur eben in den Sinn.«

Carlo hatte sie kurz traurig angelächelt. »Ist schon in Ordnung. Seit dem Unfall fällt es Eli sehr schwer, sich zwischen vielen Leuten und in einer lauten Umgebung wohlzufühlen. Er hatte eine Wohnung im Zentrum von London und Sie können sich vorstellen, da ist es nahezu nie ruhig oder leer. Da ist immer was los und Eli wurde das alles zu viel. Er zog dann erst zu seiner Mutter an den Stadtrand, da wurde es aber auch nicht besser, und schließlich hat er dann zugestimmt, dass er es hier versuchen will. Und …«, Carlo hielt einen Moment inne, »… ich denke, er fühlt sich nun wohler. Gesagt hat er es noch nie, aber ich gehe einfach mal davon aus. Bei seinem Bungalow kommen nur wenige Urlauber vorbei und er hat seine Ruhe, und die Familie ist ja in der Nähe.« Carlo Liccardi wirkte immer souverän, aber wenn er von seinem jüngeren Bruder sprach, schien er irgendwie unsicher. Das machte ihn für Laura aber eher sympathischer, weil es auch menschlich wirkte. Sie wusste es ja selbst aus eigener Erfahrung mit ihrem kleinen Bruder, wie schwer es manchmal war, wenn man helfen wollte, die Hilfe aber unwillkommen war. Wenn Gespräche nicht möglich waren, wenn Vergangenes scheinbar noch zu sehr schmerzte.

»Ich glaube, in dieser Hinsicht sind wir uns recht ähnlich, Sie und ich«, hatte Laura begonnen, und als Carlo sie fragend angesehen hatte, fuhr sie fort. »Mein Bruder ist seit einem Skiunfall querschnittsgelähmt und ich weiß, wie es sich anfühlt zu versuchen, immer das Beste zu tun, ohne genau zu wissen, was das Beste eigentlich ist, und immer mit der Angst im Hinterkopf, man macht jetzt genau das Falsche.« Laura hatte traurig gelächelt. Carlo hatte die junge Frau ihm gegenüber überrascht angesehen. Er hätte die Gefühle, die ihn belasteten, kaum besser beschreiben können. Da hatten sie wohl tatsächlich etwas gemeinsam.

Selten hatte sich Laura bei der Arbeit so wohlgefühlt. Die Liccardis waren sehr nett. Mit Carlo hatte sie sich am Freitagabend noch großartig unterhalten. Die Sorge um ihre jüngeren Brüder hatte sie zusammengeschweißt.

Doch auch Susann und die Angestellten aus den anderen Büros behandelten sie schon fast wie eine Kollegin und hatten ihr alle schnell angeboten, sie zu duzen. Es war eine unglaublich freundschaftliche und familiäre Atmosphäre. An Eli dachte Laura jeden Tag. Seit Freitag letzter Woche hatten sie sich nicht mehr gesehen. Immer wieder dachte Laura darüber nach, ihn anzurufen. Aber er hatte alles so gut und ausführlich erklärt, dass ihr keine wichtige Frage eingefallen war. Die Idee mit der Chronik hatte sie etwas ausgearbeitet und Probeseiten entworfen, die sich die Liccardis in der Präsentation ansehen konnten. Bei der Präsentation würde Eli sicher auch da sein. Zumindest da sehe ich ihn wieder, dachte sich Laura und zu ihrer Bestürzung fühlte sie bei der Vorstellung ein Kribbeln in ihrem Bauch.

Als Laura am Montag so früh wie gewohnt aufwachte, beschloss sie, wie fast jeden Tag, joggen zu gehen. Es war ein wundervoller Einstieg, um den Tag zu beginnen. Laura zog sich Joggingkleidung über und ging an der Rezeption vorbei ins Freie.

»Guten Morgen«, grüßte sie eine angenehme Stimme, und als sich Laura umdrehte, stand Eli direkt vor ihr. Er trug ein ärmelloses Shirt, Shorts und Joggingschuhe. Laura sah überrascht auf seine muskulösen Oberarme. Am linken Arm hatte er ein Tattoo. Es war ein maorisches Tribal in Schwarz und Rot, unter seinem Hemd schien das Tattoo zumindest auf seiner linken Brust noch weiter zu gehen. Gerne hätte Laura gesehen, wie das Tattoo im Ganzen aussah. Sie wurde rot, als ihr bewusst wurde, dass sie Eli anstarrte.

»Guten Morgen, Eli, Sie sind ja recht früh unterwegs. Gehen Sie auch joggen?«, fragte Laura und hätte sich beinahe vor den Kopf geschlagen. Na, er sieht doch nicht aus, als ob er schwimmen gehen möchte, oder?

»Ich konnte nicht mehr schlafen und daher dachte ich mir, kann ich auch gleich aufstehen und mich etwas bewegen«, erwiderte Eli. Lügner, dachte er sich. Susann hatte ihm erzählt, dass sie Laura fast jeden Tag beim Joggen traf, und er hatte sich extra den Wecker gestellt.

»Wollen wir zusammen laufen? Ich bin immer auf der Strecke Richtung Leuchtturm unterwegs.«

»Das können wir gerne machen.« Eli sah bewundernd auf Lauras schlanken Oberkörper. Ihr T-Shirt schmiegte sich eng an ihren Körper. Sein Blick wanderte von ihren schönen Augen mit den langen Wimpern langsam nach unten, blieb dann kurz an ihrem Busen hängen, der sich unter dem engen T-Shirt deutlicher abzeichnete als bei den Blusen, die sie sonst trug. Er spürte, wie es ihn reizte, diesen Körper zu erkunden, mit seinen Händen, seinen Lippen …

Eli konnte sich nicht entsinnen, wann er das letzte Mal joggen gewesen war. Es musste vor dem Unfall gewesen sein. Er konnte sich an die Ärzte erinnern und die Physiotherapeuten. Sie alle waren begeistert gewesen von den Fortschritten, die er gemacht hatte. Bei beiden Beinen offene Unterschenkelfrakturen. Manche hatten ihm gesagt, er werde vielleicht nie mehr ordentlich laufen können. Doch von solchen Hypothesen hielt er nichts, er hatte nie daran gezweifelt, dass er wieder würde laufen können. Schlimmer als alle Schmerzen, die er hatte ertragen müssen, waren die Empfindungen, die er seit dem Unfall hatte. Plötzliche Panikattacken, das Gefühl, auf einmal nicht mehr zu wissen, wo oben und unten war, das Gefühl zu haben, ins Bodenlose zu fallen. Frägt sich nur wohin, wenn er fest am Boden stand? Die schlaflosen Nächte in denen er zwar müde war, aber kein Auge zubekam und rastlos umherwanderte. Seit dem Unfall hatte er das Gefühl, die Welt nur noch wie durch Watte wahrzunehmen. Er war wie hinter Glas, sah und hörte alles, aber immer noch von allem entfernt. Carlo und Evelina hatten ihm geraten, zu einem Psychotherapeuten zu gehen. Das tat Eli, wenn auch unter Protest. Evelina musste ihn an jeden Termin erinnern, weil er es zu gerne verdrängte. Sie war es auch, die ihn zu den Gesprächen mit dem Therapeuten fuhr.

Als sie schließlich bei dem Weg ankamen, der zum Leuchtturm führte, spürte Eli, wie ihm unwohl wurde. Der Boden schien zu schwanken und er hatte Schwierigkeiten, geradeaus weiterzulaufen. Eli wurde langsamer und Laura ließ sich ebenfalls zurückfallen.

»Alles in Ordnung?«, fragte Laura ihn.

»Alles gut. Kommen Sie eigentlich gut voran mit Ihrer Arbeit?«, fragte Eli sie. Inzwischen gingen sie beide nebeneinander her. Der Leuchtturm ragte wenige Schritte vor ihnen in den Himmel.

»Ich liege sehr gut in der Zeit und für die Präsentation übermorgen habe ich fast schon alles fertig vorbereitet. Sie kommen doch auch zur Präsentation, oder?«

»Ja, natürlich.« Wann hatte er denn diese Entscheidung getroffen? Eben im Moment, er hatte nicht groß darüber nachgedacht. Doch er wollte auf jeden Fall bei der Präsentation dabei sein.

Sie waren am Leuchtturm angekommen. Von hier aus hatte man einen wunderschönen Blick über das Meer. Die Sonne wanderte bereits weiter den Osthimmel Richtung Süden hinauf und färbte den Himmel und das Wasser am Horizont in ein malerisches Rosarot. An den Stellen, wo die Sonnenstrahlen das Wasser zu berühren schienen, war das Meer golden. Laura sah, verzaubert von diesem Anblick, hinaus aufs Meer. Es freute Laura, dass sie mit

Eli diesen magischen Moment genießen konnte. Wie gerne würde sie nun Elis Hand nehmen, ihren Kopf an seine Schulter legen. Laura sah zu Eli hoch. Im Gegenteil zu ihr schien Eli diesen Anblick nicht zu genießen. Er wirkte müde und machte auch nicht den Eindruck, dass es ihm gut ging.

»Ist alles in Ordnung mit Ihnen?«, fragte Laura Eli besorgt. »Sie sehen so blass aus.« Eli hatte sich auf den Boden gesetzt und mit dem Rücken an den Leuchtturm gelehnt.

»Es geht gleich wieder, mir ist nur schwindlig, das ist alles«, gab Eli gereizt zurück und schaute verbittert zum Strand.

»Haben Sie das öfter?«, fragte Laura besorgt.

»Es kommt schön häufiger vor, es ist manchmal schlimmer und manchmal ist es zum Aushalten. Je nachdem …« Eli schloss die Augen.

»Haben Sie das seit Ihrem Unfall?«, fragte Laura nach.

»Ja, unter anderem habe ich immer wieder Gleichgewichtsprobleme und Schwindelanfälle, das ist einer der Hauptgründe, warum ich nicht mehr Motorrad fahren kann. Also beruflich, privat fahre ich natürlich schon hin und wieder. Sie können gerne schon zum Resort zurücklaufen, wenn Sie möchten, ich gehe dann zurück, sobald dieses Gefühl wieder verschwindet.«

»Das kommt gar nicht infrage, dass ich Sie hier alleine lasse, wenn Sie sich unwohl fühlen. So eilig habe ich es auch nicht zurückzukommen.« Sie schwiegen kurz und Laura setzte sich neben Eli. Sie hätte gerne mehr über den Unfall von Eli erfahren. Sie wusste schließlich selbst von ihrem Bruder, dass es schwer war, einen Unfall als Gegebenheit zu akzeptieren. Vielleicht sollte sie Eli entgegen ihrem eigenen Vorsatz einfach fragen, dann konnte er immer noch sagen, dass er nicht mit ihr darüber reden wollte.

»Möchten Sie über den Unfall sprechen?«, fragte Laura vorsichtig nach.

»Nein, eigentlich nicht«, erwiderte Eli kurz angebunden. »Verstehen Sie mich jetzt bitte nicht falsch. Sie sind eine wirklich talentierte Frau und Ihre Motivation für dieses Projekt ist zugegebenermaßen ansteckend, aber ich möchte eigentlich generell mit niemandem über mich, den Unfall, meine Gefühle oder sonst etwas reden. Ich hoffe, Sie verstehen das, es hat nichts mit Ihnen zu tun.« Dass er mit seinem Therapeuten sprach, verschwieg er ihr. So viel wollte er von sich nicht preisgeben.

»Machen Sie sich keine Gedanken, das kann ich sehr gut verstehen. Manche Dinge muss man mit sich selbst ausmachen.«

Eli sah Laura überrascht von der Seite an. Es war ihm sehr angenehm, dass sie tatsächlich nicht mehr weiter nachfragte. Eli war es unendlich peinlich, hier mit dieser schönen, sportlichen Frau zu sitzen und sich vorzukommen, als wäre er über hundert Jahre alt. Diese Gebrechlichkeit und auf andere angewiesen zu sein, das war es, was er nicht akzeptieren wollte und konnte.

»Sie können wirklich schon zurücklaufen. Mir geht es so weit ganz gut, machen Sie sich keine Sorgen«, versuchte Eli noch mal, Laura zum Zurücklaufen zu animieren.

»Wir sind zusammen losgelaufen, dann kommen wir auch gemeinsam zurück. Es sei denn, Ihnen ist schlecht und ich soll Hilfe holen.«

»Nein, bitte, das ist wirklich das Letzte, was ich jetzt brauche«, erklärte Eli entschieden.

»Dann bleibe ich bei Ihnen. Mal sehen, da die Themen um und über das Motorradfahren tabu sind, wie wäre es mit Musik? Ich nehme mal an, Sie sind kein Fan von Schlagern oder Klassik, oder?«, fragte Laura lächelnd.

»Das ist richtig, meine Favoriten liegen eher in der Rock- und Hardrock-Richtung. Aber ich nehme an, das war nicht schwer zu erraten.«

»Nein, nicht wirklich, wer ein *Linkin Park* T-Shirt zum Motorradrichten anzieht, der hat bestimmt noch mehr solcher Shirts im Schrank hängen.«

»Und Sie, welche Musik hören Sie gerne?«

»Das wird Sie langweilen, ich höre gerne Techno und House.«

»Das passt irgendwie.«

Laura wollte schon fast fragen, zu wem? Stattdessen fragte sie etwas anderes. »Finden Sie? Warum?«

»Sie haben immer so bunt lackierte Fingernägel. Und wie ein Punk sehen Sie nicht aus.«

Laura lächelte.

»Das ist nun aber wirklich keine Leidenschaft von mir. Ich habe nur ein paar verschiedene Farben. Bei meinen Schuhen sieht es da schon ganz anders aus «, erwiderte Laura fröhlich.

»Wieso, haben Sie so viele? Vermutlich fast alles High Heels, bei Ihrer Größe.«

»Es ist auch schon der ein oder andere flache Schuh dabei«, scherzte Laura. In Gedanken ging sie ihre Sammlung zu Hause durch und stellte fest, dass Eli aber im Prinzip recht hatte.

»Dann gehören Sie auch zu den Frauen, die in jedem Farbton ein Paar Schuhe haben, nur für alle Fälle«, erwiderte Eli lächelnd.

»Das kann hinkommen. Sie werden jetzt lachen, aber ich brauche die wirklich alle. Genug von mir, eine meiner beiden Leidenschaften haben Sie ja nun erraten.«

»Und was wäre die andere?«, fragte Eli nach. Er kann sich tatsächlich richtig charmant anhören, bemerkte Laura überrascht.

»Sie haben Ihre Geheimnisse und ich habe meine«, hörte sich Laura plötzlich sagen, und wie immer, wenn sie eine etwas provozierende Antwort gab, sah sie besorgt zu Eli, wie er reagierte. Er schien nachzudenken.

»Sie würden mir Ihre andere Leidenschaft verraten, wenn ich Ihnen etwas aus meinem Privatleben erzähle?«

»Ja, kann man so sagen.«

»In Ordnung, ich denke drüber nach.« Eli lächelte sie kurz an, mit diesem schiefen Lächeln, das sie in letzter Zeit so oft in ihren Gedanken sah, bevor sie einschlief. Dann schwiegen sie.

»Eine andere Frage«, begann Laura. »Woher haben Sie die Narbe über Ihrer linken Augenbraue?«

Eli fasste sich automatisch an die Stelle und lächelte kurz. Dann wurde er wieder ernst.

»Als ich Fahrrad fahren gelernt habe, als kleines Kind, bin ich einmal gestürzt. Es hat ziemlich stark geblutet, aber der Schreck war größer als der Schaden. Sie kennen das ja, wenn man ein Kind ist, da hat man schon mal ein paar Kratzer, wenn man neue Sachen ausprobiert.« Eli sah ihr kurz in die Augen und sah dann auf seine Knie. »Na ja, vielleicht hätte ich das damals schon als Zeichen nehmen sollen, dass ich mit zweirädrigen Fortbewegungsmitteln vorsichtig sein sollte.«

Laura schwieg. Wie gerne hätte sie mehr über seinen Unfall gewusst, mehr über seine Gefühle und Empfindungen.

»Und wie ist es bei Filmen?«, fragte sie stattdessen. Sie wollte ihn nicht unter Druck setzen, wenn er nicht darüber sprechen wollte, musste sie das akzeptieren. »Stehen

Sie auf Krimis oder Komödien, Action oder amouröse Liebesdramen?«

Eli lachte. Es war ein schönes Lachen und Laura bemerkte, dass sie es gerne hörte.

»Das ist ganz klar beantwortet: Action. Und Sie?«

»Hm, lassen Sie mich nachdenken. Ich mag am liebsten Filme wie *Tatsächlich Liebe* oder *Notting Hill*. Kennen Sie die? Das sind eher so humorvolle, aber auch romantische Liebegeschichten.«

»Sie sprechen mit einem Engländer, natürlich kenne ich *Tatsächlich Liebe* und *Notting Hill*. Sie ahnen nicht, wie oft ich beide Filme schon gesehen habe. Nur so viel, meine Mutter und meine Schwester haben denselben Filmgeschmack wie Sie.«

»Dann wären das also keine Filme, die wir uns ausleihen sollten, wenn wir einen DVD-Abend machen«, entgegnete Laura lächelnd. Eli sah sie kurz überrascht an, lächelte dann aber auch. Wieso fühlte sich die Vorstellung, mit dieser Frau auf der Couch zu sitzen und Filme zu schauen, so verdammt gut an?

»Darf ich Sie etwas Privates fragen, Eli?«, fragte Laura plötzlich.

»Sicher, solange es das Tabuthema Motorradfahren nicht berührt.«

»Ich bin darauf gekommen, weil Sie eben gesagt haben, Sie sind Engländer. Sie sind der Sohn von Edmondo Liccardi, aber Ihre Mutter ist Engländerin und ist somit die zweite Frau Ihres Vaters, oder?«

»Fast richtig. Meine Mutter war nie mit Edmondo verheiratet, daher haben meine kleine Schwester und ich auch nicht den Nachnamen Liccardi. Edmondo und meine Mum haben sich getrennt, als ich drei war, meine kleine Schwester Katie war zu dem Zeitpunkt erst ein Jahr alt.«

»Dann haben Sie zu Ihrem Vater keine sehr herzliche Beziehung?«

»Nein, nicht wirklich. Katie und ich verbrachten in unserer Kindheit zwar die meisten Ferien hier bei Edmondo in Italien, aber ... na ja... Sie können es sich ja vorstellen, da ist die Beziehung nicht wirklich herzlich. Dafür verstehe ich mich mit Carlo schon viel besser als noch vor ein paar Jahren. Damals haben wir uns kaum begrüßen können, ohne zu streiten.«

»Wie kam es denn, dass Sie sich nun besser verstehen?«

»Da wären wir wieder beim Tabuthema angelangt.« Eli bereute seine rüde Antwort, gleich nachdem er sie ausgesprochen hatte. »Nur so viel, Carlo war nach dem Unfall immer an meiner Seite, und dafür werde ich ihm ewig dankbar sein.« So viel konnte er Laura sagen, schließlich war es die Wahrheit.

»Haben Sie es ihm gesagt?«

»Nein. Ich hoffe, er weiß es.«

Eli stand vorsichtig auf. Ihm war noch immer schwindlig und gleichzeitig genoss er diesen Moment mit Laura so sehr. Er war so verwirrt und das Beste war, sich einfach zu bewegen. Laura war ebenfalls aufgestanden und blieb an seiner Seite. Obwohl sie nicht sehr groß war, wirkte sie doch so stark. Sie strahlte so viel Sicherheit aus. Eli erinnerte sie dabei an Susann und an seine Mutter.

»Ich bin mir sicher, dass er es weiß«, begann Laura, als sie sich auf den Rückweg machten.

»Wer weiß was?«

»Ich meinte, ich bin mir sicher, dass Ihr Bruder weiß, dass Sie ihm dankbar sind. Geschwister wissen so etwas, ohne dass man es ausspricht.«

»Ich hoffe, Sie haben recht.«

Mit Verwunderung wurde Eli bewusst, dass es Laura

mit ihrer Art schaffte, die Mauer, die er so sorgfältig um sich aufgebaut hatte, einzureißen. Es versuchte diese Mauer mit aller Kraft aufrechtzuerhalten, legte immer wieder Stein um Stein aufeinander, nur um später festzustellen, dass Laura diese Grenze, die er zwischen sich und seiner Umwelt zog, mit einer einzigen Bemerkung, oder mit einem einzigen Lächeln zum Einstürzen brachte. Und je mehr diese Festung fiel, desto mehr spürte Eli, dass es ihm nichts ausmachte. Vielmehr gefiel es ihm, wieder ein Teil der Welt zu sein. Jetzt musste er nur noch diese bohrende Angst bekämpfen. Die Angst, die ihm sagte, dass alles von einem auf den anderen Moment vorbei sein konnte. Auch Chelsea war von einem auf den anderen Tag gegangen. Wer sagte ihm, dass es ihm mit einer anderen Frau, mit Laura, nicht genauso gehen konnte?

Obwohl sie nur nebeneinander her gingen, waren sie Elis Empfinden nach viel zu schnell wieder am Hotel.

»Hätten Sie Lust, dass wir zusammen Mittag essen?«, fragte Eli unverwandt. »Also, nur wenn Sie Zeit haben?« Er wollte sie noch weiter um sich haben. Mehr Zeit mit ihr verbringen. Und als Laura ihm auf seine Frage ein strahlendes Lächeln schenkte, wusste er, dass es richtig gewesen war, sie zu fragen.

»Gerne, wäre Ihnen halb eins recht?«, fragte Laura. Ihm wäre alles recht gewesen.

»Klar, ich hole Sie ab.«

Kurz vor halb eins spürte Laura eine aufwühlende Anspannung. Ich sollte mich nicht so freuen, nur weil ich mit ihm Mittag essen gehe, mahnte sich Laura, doch sie kam nicht umhin, dass sie immer wieder auf die Uhr schaute und halb eins herbeisehnte. Pünktlich um halb eins klopfte es an ihrer Tür. Laura telefonierte gerade mit ihrem Kollegen in Bozen, der die Entwürfe für die Maskottchen gestaltet hatte. Eli kam in ihr Büro. Laura winkte ihm zu. Wieso musste ihr Kollege auch genau jetzt anrufen? Eli setzte sich auf den Stuhl, der vor ihrem Schreibtisch stand. Er schaute sich im Raum um. Sein Blick fiel auf die ausgedruckten Seiten des Prospektes, die auf dem Tisch lagen. Laura verabschiedete sich von ihrem Kollegen und legte auf.

»Verzeihen Sie, das musste ich noch schnell klären.«

»Kein Problem. Sind das Seiten des neuen Prospekts, den Sie entworfen haben?«, fragte Eli und wies auf die Ausdrucke.

»Ja, die habe ich schon fertig gestaltet.« Eli sah anerkennend auf die Seiten. Laura war wirklich sehr kreativ und schaffte es, den Prospekt sowohl edel als auch nicht zu bieder zu gestalten.

»Er sieht großartig aus.«

»In so einer Atmosphäre geht einem die Arbeit aber auch wirklich wie von selbst von der Hand«, entgegnete Laura.

»Also fühlen Sie sich hier wohl? Das freut mich sehr, dann ...«, begann Eli und stellte fest, dass er sagen wollte, dann können Sie ja hierbleiben.

»Dann ...?«, fragte Laura nach.

»Dann ist das Büro ja perfekt für Sie.«

»Ja, das ist es wirklich«, erwiderte sie mit diesem Lächeln, das Eli wie immer den Atem raubte.

»Wo sollen wir hingehen? Ich dachte vielleicht ins Café an der Rezeption.«

»Das klingt großartig«, stimmte Laura begeistert zu. Laura griff nach ihrer Jacke und folgte Eli. Auf dem Weg nach draußen begegneten sie Carlo und Susann, die ihre Mittagspause zu Hause verbringen wollten. Carlos Haus mit dem großen, schön bepflanzten Garten lag direkt auf der anderen Straßenseite gegenüber dem Resorteingang. Eli und Laura grüßten die zwei im Vorbeigehen und suchten sich im Café einen Platz unter einem der großen blauen Schirme.

Laura nahm ein Bruschetta, wie auch schon an den vergangenen Tagen, an denen sie mit den Kollegen aus den anderen Büros essen gegangen war. Aber es schmeckte ihr einfach zu gut. Dazu wie immer einen Cappuccino und einen Saft. Eli nahm ebenfalls ein Bruschetta und dazu eine heiße Schokolade.

»Mein Bruder trinkt auch immer eine heiße Schokolade, mir ist das einfach zu viel«, bemerkte Laura, als sie ihre Getränke bekamen.

»Ich finde, das ist eines der wenigen Getränke, die nur hier wirklich gut schmecken. Nur in Italien ist es wie geschmolzene Schokolade, überall sonst ist es viel zu wässrig, finde ich.«

»Da haben Sie recht«, stimmte ihm Laura zu. Als sie, um zu bezahlen, dem Kellner die Zimmerkarte gab, stieß sie in ihrer Tasche auf die Muschel, die sie mitgenommen hatte, als sie mit Eli am Strand war.

»Gefällt sie Ihnen immer noch so gut, oder haben Sie noch schönere gefunden?«, fragte Eli.

»Nein. Ich finde sie immer noch besonders. Da können Sie mich auch nicht vom Gegenteil überzeugen. Bei manchen Dingen«, oder Personen, fügte Laura in Gedanken hinzu, »da weiß man sofort, dass sie etwas Besonderes sind.«

Eli sah sie an und lächelte auf diese gewohnte Weise, die Laura inzwischen so vertraut war. Irgendwie traurig, aber auf eine so ehrliche Art, dass es ihr fast das Herz zusammenzog. Dann noch einen Blick in diese blauen

Augen und Laura wusste nicht mehr, über was sie eben gesprochen hatten.

»Eli, genau dich habe ich gesucht«, begrüße Evelina Eli. Eli sah zu seiner Schwester auf.

»Ciao Evi, ich glaube, du kennst die Signorina noch nicht.« Und so stellte er die beiden einander vor. Sie plauderten kurz miteinander, und ehe sich Evelina von ihnen verabschiedete, sagte sie kurz an Eli gewandt: »Du denkst an den Termin um 15 Uhr?«

»Ja, klar. Bis dann.« Eli wollte die Zeit mit Laura genießen, und so war er froh, als seine große Schwester gegangen war.

»Macht es Ihnen gar nichts aus, so lange von Ihrer Familie getrennt zu sein?«, fragte Eli Laura. Er selbst war, durch die Rennen während der Saison, über längere Zeit von seiner Familie getrennt gewesen, doch Laura kam ihm eher wie ein Familienmensch vor, daher wunderte es ihn.

»Natürlich vermisse ich meine Mutter und meinen Bruder, aber wir telefonieren oft miteinander. Aber hier in dieser Atmosphäre arbeite ich sehr gerne. Die Gegend hier, das Meer, das alles ist einfach traumhaft. Auch wenn es regnet, wie gestern Abend. Ich war am Meer und es waren nur wenig Gäste am Strand, und selbst bei schlechtem Wetter ist es so ursprünglich, so intensiv. Und wenn man bis zum Horizont sieht, dann wirkt man selbst und auch die eigenen Probleme so unwichtig. Ich kann es schwer beschreiben. Sie halten mich sicher für seltsam, oder wie war Ihr Wort? Ach ja, sonderbar.«

»Nein, keines von beiden. Sie sind ...« Großartig, wunderbar, kam Eli in den Sinn, aber das konnte er ihr nicht sagen, stattdessen begann er noch mal neu. »Ich kann Sie sehr gut verstehen. Ich fühle mich hier auch wohler als in London, und das hatte ich bis vor ein paar Monaten nicht für möglich gehalten, das können Sie mir glauben.«

Viel zu schnell ging Lauras Mittagspause vorbei und sie verabschiedeten sich voneinander. Eli ging langsam zu seinem Bungalow zurück. Vielleicht war es nur Zufall, aber er sah überall Pärchen. Händchen haltend, verliebt, glücklich. Er wusste nicht, seit wann er sich nun wieder nach einer Beziehung sehnte. Nicht seitdem Chelsea ihn verlassen hatte. Nein, nach der Trennung hatte er für sich beschlossen, dass das Thema Beziehung für ihn abgeschlossen war. Ein Flirt, vielleicht ein One-Night-Stand, das war nicht auszuschließen, aber keine feste Beziehung, das brachte nur Ärger mit sich. Doch seit Laura mit ihren High Heels in sein Leben getreten war, schien sich dieser Vorsatz plötzlich Stück für Stück aufzulösen.

Um halb drei holte Evelina ihn ab. An diesen Termin hätte er nicht mehr gedacht, wenn seine Schwester ihn vorhin nicht erinnert hätte. Eli fuhr sich durch die Haare.

»Du hättest es wieder vergessen, oder?«, fragte ihn Evelina zur Begrüßung. Eli ließ sich in den Beifahrersitz fallen und sah seine große Schwester kaum an.

»Kann gut sein«, murmelte er.

»Ich bin nicht deine Sekretärin. Ich meine, wenn es dir nicht hilft, dann kannst du es auch sagen. Dr. Lehmann nimmt es dir sicher nicht übel und wir zwingen dich auch nicht hinzugehen.«

»Ich kann nicht sagen, ob es was hilft. Es ist irritierend, jemand Fremdem private Dinge von sich zu erzählen, das ist alles.« Sie schwiegen kurz. »Du musst mich nicht immer hinfahren. Ich komme mir schon wie Miss Daisy vor, ich kann selbst Auto fahren.«

»Ich weiß, aber wenn du selbst fahren würdest, vielleicht überlegst du es dir plötzlich noch anders und du gehst am Ende gar nicht hin.«

»Da könntest du recht haben«, murmelte Eli.

»Du und die Signorina Giancomelli, ihr scheint euch ja super zu verstehen?«, fing Evelina an. Eli sah sie von der Seite an. Doch seine Schwester sah konzentriert auf die Straße.

»Ich wollte nur höflich sein und habe mich deswegen heute mit ihr zum Essen getroffen.«

»Du hast sehr glücklich ausgesehen und mir kam es so vor, als wolltest du mich schnell wieder loswerden«, erwiderte Evelina mit einem Lächeln.

»Das hast du dir nur eingebildet.«

»Na, wenn du das sagst.«

Eli saß auf dem bequemen Stuhl vor Dr. Lehmanns Schreibtisch. Eine Arzthelferin hatte Eli eben ins Behandlungszimmer gebracht. Nach wenigen Minuten betrat Dr. Lehmann den Raum. Er war ursprünglich aus Deutschland und hatte sich vor drei Jahren, nach dem Tod seiner Frau, in Italien niedergelassen. Seine Behandlungsräume befanden sich in einem Anbau neben dem städtischen Krankenhaus. Dr. Lehmann war groß und schlank, hatte dunkelblonde Haare und war Anfang vierzig.

»Eli, schön, Sie zu sehen«, begrüßte ihn der Arzt freundlich. Sie schüttelten sich kurz die Hände. Eli sank tief in den Stuhl zurück. Eigentlich wollte er nicht hier sein. Er hatte nichts gegen den Psychotherapeuten. Der Mann war sicher in Ordnung. Doch Eli wollte einfach mit niemandem sprechen.

»Wie geht's Ihnen denn?«, fragte ihn Dr. Lehmann schließlich.

»Gut, wie immer.« Eli wusste, dass er es seinem Gegenüber nicht leicht machte. Aber er konnte nun mal nicht anders. Kurz nachdem er nach Italien gekommen war, hatte seine Familie beschlossen, dass es für Eli vielleicht hilfreich wäre, zu einem Psychotherapeuten zu gehen. Eli hingegen hatte kurz mit Dr. Lehmann gesprochen und dieser hatte ihm nur einen Satz gesagt: »Eli, ich und auch Ihre Familie können Sie nicht zwingen, über Ihre Probleme zu reden, Sie müssen das schon selbst wollen. Wenn Sie das hier für Zeitverschwendung halten, dann kann ich Ihnen nicht helfen.« Eli war seinem Gegenüber damals sehr dankbar gewesen. Erstens hielt er es tatsächlich für Zeitverschwendung und zweitens war er auch nicht bereit, über seine Probleme zu reden. Und so war er wieder gegangen. Nur um dann zwei Monate später wieder bei Dr. Lehmann im Behandlungszimmer zu sitzen, weil er mit sich selbst seit dem Unfall einfach nicht mehr zurechtkam.

Seine Familie hatte ihn damals gedrängt, es noch mal mit der Hilfe eines Psychotherapeuten zu versuchen. Sie hatten ihm angeboten, die Adressen von anderen Therapeuten in der Umgebung herauszusuchen, aber Eli war mit Dr. Lehmann einverstanden. Bei dem war er sich zumindest sicher, dass er ihm die Wahrheit erzählte. Und als Eli dann wieder vor ihm gesessen hatte, hatte er kein Wort darüber verloren, wieso Eli erst jetzt gekommen war. Vielmehr startete Dr. Lehmann, als hätte es diese Unterbrechung von zwei Monaten nicht gegeben.

»Sie hatten erzählt, Sie reparieren das Motorrad Ihres Vaters. Kommen Sie damit gut voran?« Eli räusperte sich, bevor er antwortete.

»Ja, eigentlich schon. Ich musste zwar neue Teile bestellen, aber die sind jetzt fast alle gekommen, und ich denke, dass ich bald fertig werde. Außerdem ist zurzeit die Grafikerin da, die den neuen Resortprospekt macht, und ich habe sie ein bisschen herumgeführt und ihr das Resort gezeigt.«

»Genießen Sie die Zeit, wenn Sie das Motorrad reparieren?«

»Ja, in gewisser Weise schon. Ich meine, es ist das, was ich kann, und ich fühle mich alleine auch recht wohl, also ja, ich bin zufrieden, wenn ich an der Commando arbeite.«

»Und mit der Grafikerin zu sprechen und ihr das Resort zu zeigen, machen Sie das gerne?«

»Ich bin für meinen Bruder eingesprungen, er hat mich darum gebeten, deswegen führe ich sie herum und erzähle ihr alles, was ich weiß, damit sie ihre Arbeit machen kann.«

»Und helfen Sie ihrem Bruder gerne?«

»Natürlich. Er war nun so lange Zeit für mich da. Wenn ich mal etwas für ihn tun kann, ist das eine schöne Abwechslung.«

Dr. Lehmann notierte sich etwas auf seinen Zettel, den er vor sich auf den Tisch liegen hatte. »Versuchen Sie das Gefühl etwas mehr zu beschreiben, das Sie haben, wenn Sie Ihrem Bruder helfen können. Fühlen Sie sich gebraucht? Oder haben Sie nur dann das Gefühl dazuzugehören?«

Eli lehnte sich in dem Stuhl zurück. Die Aufforderung, diese Gefühle zu beschreiben, ging ihm zu weit. Was sollte er darauf antworten?

»Darauf habe ich keine Antwort. Ich weiß es nicht.«

»In Ordnung. Dann versuchen wir es anders. Haben Sie das Gefühl, von Ihrem Bruder nicht anerkannt zu werden?«

»Nein, Carlo ist nicht so, er beurteilt Menschen nicht nach ihrer Leistung.«

»Haben Sie das Gefühl, Sie müssten etwas wiedergutmachen?«

Spontan dachte sich Eli, ja. Was denn? Nach einem kurzen Zögern antwortete er: »Nein.«

»Aber Sie haben den Eindruck, Sie müssten sich bei ihm revanchieren für seine Hilfe?«

»Ja.«

Dr. Lehmann notierte ein Wort unter den Stichpunkten, die er heute aufgeschrieben hatte.

»Glauben Sie nicht, er hat Ihnen freiwillig geholfen, weil Sie sein Bruder sind? Dass es für ihn selbstverständlich war?«

»Das weiß ich nicht, ich bin nicht er«, erklärte Eli ärgerlich.

»Versuchen Sie, sich in ihn hineinzuversetzen.«

»Ich weiß es nicht, klar?« Eli war nun ziemlich ungehalten.

»Warum werden Sie nun so zornig?«

»Weil Sie mich ständig dasselbe fragen. Ich weiß nicht, warum mein Bruder mir hilft und ob er es gerne tut oder was weiß ich. Es nervt mich halt, weil ich merke, dass ich ihn brauche, ich will ihn aber nicht brauchen. Ich will nicht abhängig von meiner Familie sein.«

»Sie wissen aber schon, dass Sie Ihrer Familie durch Ihre Anwesenheit auch wieder etwas zurückgeben?«, entgegnete Dr. Lehmann wie nebenbei und notierte wieder etwas.

»Ja, super, sie müssen sich ständig Sorgen machen und fahren für mich durch die Gegend, die sind bestimmt froh.«

Eli atmete genervt aus. Er fuhr sich mit der rechten Hand durch die Haare.

»Sie hatten meine Frage vorhin nicht beantwortet. Macht es Ihnen Freude, der Grafikerin das Resort zu zeigen?«

Eli dachte kurz nach. Er sah Lauras Gesicht vor seinen Augen. Sah sie in ihren Sportklamotten neben ihm sitzen und spürte die Berührung ihrer Hand auf seinem Arm. Er sah ihr Lächeln, er sah sie, wie sie telefonierend in ihrem Büro saß und ihm zuwinkte. Er sah ihren liebevollen Blick, wenn sie die Muschel ansah, die sie am Strand gefunden hatte, er sah den verträumten Ausdruck in ihren Augen, wenn sie vom Meer sprach.

»Ja, ich bin sehr gerne mit ihr zusammen«, erwiderte Eli plötzlich. Er hatte eigentlich sagen wollen, dass er gerne über das Resort sprach, doch nun war ihm dieser Satz so spontan in den Sinn gekommen und mit Verwunderung musste Eli feststellen, dass er es auch tatsächlich so meinte.

Dr. Lehmann sah ihn kurz überrascht an und machte dann eine Notiz auf seinem Zettel.

»Sind Sie glücklicher, wenn Sie alleine sind, oder wenn Sie Zeit mit ihr verbringen?«

»Das kann ich so nicht beantworten.«

»Wie heißt sie?«

»Laura«, erwiderte Eli sofort und er merkte, dass er ihren Namen zum ersten Mal laut aussprach. »Also, ich meine, Signorina Giancomelli.«

»Was genießen Sie an der Zeit, die Sie mit Laura verbringen?«

»Ich erzähle ihr gerne vom Resort und ich höre ihr gerne zu. Sie ist so ...« Eli wusste nicht, wie er den Satz beenden sollte. »Sie kennt den alten Eli nicht und das ist einfach auch mal schön, weil ich nicht das Gefühl habe, jemanden zu enttäuschen, wenn ich so bin, wie es seit dem Unfall nun mal ist.«

Dr. Lehmann begleitete ihn nach jedem Treffen bis zum Auto. Manchmal hatte Eli das Gefühl, dass sich Evelina ganz besonders freute, den Psychotherapeuten zu sehen, und wenn er Dr. Lehmann ansah, hatte es den Anschein, dass diese Freude auf Gegenseitigkeit beruhte.

5. Kapitel

Eli wischte sich den Schweiß von der Stirn. Vielleicht sollte er jetzt einfach mal eine Pause machen. Einen Schritt zurückgehen und sehen, wie weit er gekommen war. Eli war zuversichtlich, dass er das Motorrad in den nächsten Tagen zum Laufen bringen konnte. Er setzte sich auf einen der Korbstühle, die im Garten mit Blick auf Strand und Meer standen. Draußen am Strand ging eben ein junges Pärchen vorbei. Sie gingen Händchen haltend und lächelnd, mit den Füßen im Wasser, am Meer entlang. Plötzlich hob der junge Mann seine Freundin hoch, drehte sich beschwingt einmal um sich selbst. Die junge Frau schlang, glücklich lachend, die Arme um seinen Hals. Schließlich setzte der junge Mann seine Freundin wieder ab, nahm ihr Gesicht in beide Hände und küsste sie leidenschaftlich. Immer wieder überraschte es Eli, wie einsam er sich fühlen konnte, wenn er Menschen sah, die offensichtlich eine glückliche Beziehung führten. So ging es ihm immer, wenn er Carlo und Susann zusammen sah. Die meiste Zeit genoss er es, alleine zu sein, doch dann bekam er einen Ausblick, wie das Leben noch sein könnte. Die Beziehungen die er vor Chelsea zu Frauen hatte, konnte man nur schwerlich als solche bezeichnen, da sie nur wenige Wochen gedauert hatten. Und wie hatte er sich dann so in Chelsea irren können? Bei ihr hatte er wirklich das Gefühl gehabt, sie würde ihn lieben, doch nach dem Unfall hatte sie ihn verlassen.

»Eli, ich möchte dich nicht heiraten. In den letzten Monaten, die du im Koma gelegen hast, ist mir das klar geworden.« Eli hatte das Gefühl gehabt zu fallen, und das Gefühl kam auch heute noch, nicht nur wegen Chelsea. Eli konnte sich erinnern, wie er sie angesehen hatte. Sie war in sein Zimmer im Krankenhaus gekommen und hatte noch nicht mal ihre Lederjacke ausgezogen – sie hatte gewusst, dass sie sofort wieder gehen würde.

»Kann ich dazu auch noch was sagen?«, hatte Eli sie gefragt.

»Nur wenn es ein ›Leb wohl‹ ist.« Er hatte die Augen geschlossen. Einmal, weil er es im Moment nicht hatte ertragen können, sie zu sehen, und weil er es auch nicht hatte ertragen können zu sehen, wie sie das Zimmer verließ, wie sie ihn so ohne Weiteres einfach zurückließ.

»Leb wohl, Eli.«

»Ja, du auch.« Und dann hatte er doch die Augen aufgemacht und seine Ex-Verlobte gesehen, wie sie, ohne sich noch einmal umzudrehen, den Raum durchquerte, die Türe öffnete und sie leise wieder hinter sich schloss.

Carlo hatte damals, als Chelsea gekommen war, den Raum verlassen, um einen Kaffee zu holen. Als Chelsea wenige Minuten später wieder aus dem Krankenzimmer kam, war Carlo direkt zu Eli gegangen, nur um seinen Bruder im Bett sitzen zu sehen, den Kopf auf die Hände gestützt. Eli weinte nicht oft, aber in diesem Moment war es zu viel gewesen. Carlo hatte ihn angesehen und das Zimmer verlassen.

Eli fuhr sich durch die Haare. Inzwischen hatte er die Erinnerungen an Chelsea und ihre vergangene Beziehung aus seinen Gedanken verbannt. Er wollte sich nicht immer wieder daran erinnern, was wäre wenn. Ja, wenn was? Wenn er den Unfall nicht gehabt hätte, wenn Chelsea ihn nicht verlassen hätte. Das wollte er sich nicht vorstellen. Außerdem, was sollte er überhaupt vermissen an Chelsea? Ihren Körper, fiel Eli als Erstes ein. Als Unterwäsche- und Bikini-Model hatte Chelsea einen traumhaften Körper gehabt und der Sex zwischen ihnen hatte immer gestimmt, auf dieser Ebene hatten sie immer gut kommunizieren können. Bei gemeinsamen Gesprächsthemen waren sie hingegen oft schon nach wenigen Minuten an einen toten Punkt angelangt. Das war mit Laura ganz anders.

Warum zum Teufel fiel ihm jetzt nur Laura ein? Wie gerne würde ich so mit ihr am Strand entlanggehen, kam es Eli plötzlich in den Sinn. Tu es doch. Frag sie. Sie würde nicht wollen. Sie ist viel zu sehr mit ihrer Arbeit beschäftigt. Vielleicht sagt sie Ja, frag sie doch einfach, drängte ihn eine Stimme aus seinem Unterbewusstsein. Wenn er an Laura in ihrem Jogging-T-Shirt dachte, wollte er weit mehr, als nur mit ihr am Strand spazieren zu gehen. Er schloss kurz die Augen und stellte sich für einen Augenblick vor, wie es wäre, Laura zu umarmen, sie zu küssen, ihren Körper ganz nah zu spüren. Eli spürte, wie sich bei dieser Vorstellung sein Herzschlag beschleunigte, und gleichzeitig meldeten sich die Zweifel in seinem Kopf. Wer würde denn schon mit dir zusammen sein wollen? Eli versuchte alle Gedanken an Laura aus seinem Kopf zu vertreiben, es hatte ja doch keine Zukunft, sie hatten keine gemeinsame Zukunft. Er sah auf die Uhr und stellte fest, dass es später war, als er geglaubt hatte.

Warum tue ich mir das eigentlich an?, fragte sich Eli, als er den Fernseher einschaltete. Aus dem Kühlschrank holte er sich ein kaltes Bier. Draußen schien die Sonne. Er hätte sich auch in den Liegestuhl auf die Terrasse setzen, ein gutes Buch lesen und das Wetter genießen können. Stattdessen saß er nun im Bungalow auf der Couch und zappte zielstrebig auf die Nummer neun in der Programmliste. *Eurosport*. Schwere Maschinen schossen im Fernsehen auf der asphaltierten Strecke dahin. Mist, er hatte den Start verpasst. Die siebte Runde schon. Eli sah auf die Uhr. Schon halb drei. Was hatte er die letzten 15 Minuten getan, dass er den Start verpasst hatte? Du hast an Laura gedacht, wie immer die letzten Tage, rief ihm seine innere Stimme ins Gedächtnis. Eli verdrängte diese Tatsache und schaute auf den Flachbildschirm. Da könnte ich jetzt dabei sein, besser gesagt, da sollte ich dabei sein. Eli spürte einen Stich, als er die ehemaligen Kollegen im Fernsehen sah. Wer war denn vorne? Lewis Richardson. Eli fluchte genervt auf. Als Engländer hätte er sich freuen sollen, dass sein Landsmann vorne war, doch Lewis war Elis größter Widersacher gewesen. Nicht nur, dass sie für zwei verschiedene Teams angetreten waren. Sie hatten sich noch nie ausstehen können. Dieser aufgeblasene, arrogante Wichtigtuer, dachte sich Eli angewidert. Doch tief in sich hätte er alles dafür gegeben, jetzt mit Lewis zu tauschen. Doch so war es nun mal im Motorsport. Ich wusste schließlich, auf was ich mich einlasse, musste Eli zugeben, und niemand konnte sagen, es hätte nicht auch Spaß gemacht. »Ein Sieg würde die Woche für Lewis Richardson wohl perfekt machen«, war der Kommentar des Sprechers zu hören. »Wie vor drei Tagen bekannt wurde, wechselt Lewis ›the Shark‹ Richardson in der nächsten Saison zu Honda. Außerdem ist uns aus Insiderquellen bekannt, dass er sich mit seiner Freundin verlobt hat.« Eli horchte auf. Doch da wurde Chelsea auch schon eingeblendet. Mit Spaghettiträger-Top und Sonnenbrille, enger Jeans und High Heels stand sie bei Richardsons Team und fieberte mit. »Chelsea Gallagher ist die Glückliche. Vielen dürfte sie vom Namen bekannt sein, sie war zuvor zwei Jahre ...«

»Eineinhalb«, verbesserte Eli automatisch.

»... mit Eli Grantham zusammen, der vor über einem Jahr in Silverstone verunglückte. Mir scheint, die Dame hat ein Faible für MotoGP-Fahrer und ...« Eli schaltete den Fernseher aus, er hatte genug gehört. Er nahm das Bier und setzte sich auf die Terrasse.

Laura ging durch die Mall zum Zeitschriftengeschäft. Sie hatte für die Präsentation am morgigen Tag alles vorbereitet, und um sich abzulenken, wollte sie nun den Feierabend nicht ohne Beschäftigung alleine auf ihrem Zimmer verbringen.

Sie kaufte eine schöne große Postkarte, auf der das Resort komplett aus der Vogelperspektive zu sehen war und kleine Bilder am Rand besonders schöne Highlights des Campingbereichs und der Poolanlagen zeigten. Vor dem Geschäft mit der Glaskunst aus Murano blieb sie stehen. Die Eule stand noch immer im Regal. Sollte sie sie kaufen? Laura fand sie nach wie vor hinreißend. Die Federohren gaben der Eule einen so hübschen Gesichtsausdruck, dass Laura nahezu nicht widerstehen konnte.

»Dann kaufen Sie sich die Eule doch, wenn sie Ihnen gefällt«, hörte Laura hinter sich eine Stimme. Eli stand hinter ihr. Er wirkte wieder ziemlich arrogant und sah sie etwas von oben herab an. Auch sein Ton war wieder so reserviert, wie damals, als sie das erste Mal am Strand waren. Das letzte Mal hatten sie sich beim Mittagessen gesehen, an dem Tag, an dem sie gemeinsam beim Joggen waren. Da war Eli ganz anders gewesen, nicht so von oben herab.

»Nein, ich sehe sie mir einfach an, das reicht mir schon. Ich sammle keine Eulen oder Glasfiguren.«

»Stimmt, Sie sammeln ja Schuhe.« Es hatte nicht so abwertend klingen sollen. Laura sah Eli sprachlos an.

»Alles in Ordnung mit Ihnen? Sie waren auch schon mal netter.«

Eli war verblüfft von Lauras direkter Antwort und ging einen Schritt zurück.

»Also?«, fragte Laura weiter.

»Also was?«

»Alles in Ordnung mit Ihnen?«, fragte Laura weiter.

»Ja, natürlich. Tut mir leid. Ich wollte Sie nicht kränken.« Und um ihr zu zeigen, dass er auch noch anders mit ihr reden konnte, erwiderte er: »Sie schreiben noch Postkarten? Ich denke, diese Tradition stirbt schon langsam aus, und Sie kamen mir auch eher so vor, als würden Sie Ihren Freunden auf WhatsApp eine Nachricht schreiben.«

»Meine Mutter hat kein WhatsApp.«

»Sie schreiben also an Ihre Mutter – und ich dachte schon, die Karte ist für Ihren Freund. Dann muss sich wohl Ihr Liebster mit einer WhatsApp-Nachricht zufriedengeben.«

»Wohl eher mein Bruder. Ich bin nicht vergeben, wenn es das ist, was Sie wissen wollen, Eli.«

Er spürte, wie ihm die Röte in die Wangen schoss, als sie seinen Namen aussprach. Genau diese Information hatte ihn interessiert.

»Und Sie essen gerne Chips?«, fragte Laura, als sie sah, dass er im Supermarkt jede Menge Tüten eingekauft hatte.

»Ja und nein.«

»Ich verstehe nicht?«

»Das kann ich Ihnen nicht sagen.«

»Sagen Sie jetzt nicht, dass Chips mit dem Tabuthema Motorradunfall zu tun haben. Das glaube ich Ihnen nicht.«

Sie schaffte es tatsächlich, ihn auch in solch einer Situation zum Lächeln zu bringen, wunderte sich Eli.

»In gewisser Weise schon. Ich wollte einkaufen gehen und die vielen Leute im Geschäft haben mich eben überfordert, sodass ich einfach nur noch wegwollte. Ich hatte erst eine Tüte Chips, dann dachte ich, das sieht doch bescheuert aus, wenn du eine Tüte kaufst, und dann habe ich fünf gekauft.« Eli sah mit einem ziemlich konfusen Blick auf die Einkaufstüte in seiner Hand. »Jetzt wird mir klar, dass das auch ziemlich dämlich war.«

»Und wo ist nun die Verbindung zu Ihrem Motorradunfall?«, fragte Laura ihn interessiert. Als er nicht sofort antwortete, setzte sich Laura auf eine Steinbank, die nur wenige Meter neben ihnen stand. Auffordernd wies sie auf den Platz neben sich. Eli lächelte kurz und ließ sich neben ihr nieder. »Ich war vor meinem Unfall anders, es konnten mir nicht genügend Leute sein, es konnte nichts zu laut sein, es war niemals zu hell oder so. Und jetzt ist es anders. Es kommt häufig vor, dass ich plötzlich zwischen Menschen stehe, ich bekomme Panik und möchte nur noch weg. So war es eben auch. Ich versuche mich zu entspannen, doch das geht nicht.«

»Ich mache inzwischen seit fünf Jahren regelmäßig Yoga. Sie sollten es auch mal mit Yoga probieren, dann können Sie sich vielleicht mit entsprechenden Atemübungen zu entspannen versuchen.« Mit diesem Vorschlag wollte Laura Eli behilflich sein.

»Sehe ich so aus, als würde ich Yoga machen?«

»Nein, eben nicht, deshalb schlage ich es Ihnen ja vor.«

»Sie klingen wie mein Psychotherapeut«, erwiderte Eli. Dann biss er sich auf die Lippen und sah Laura von der Seite an. Doch sie schien nicht im Mindesten verwundert.

»Manche Menschen haben sich noch nie wohlgefühlt zwischen vielen Leuten.«

»Mag sein, aber ich bin anders. Ich war anders. Eigentlich möchte ich mein altes Leben zurückhaben.« Das hatte er so noch niemandem gesagt, außer Dr. Lehmann.

»Sie erinnern mich an meinen Bruder.« Laura spürte,

wie Elis Schultern leicht nach vorne sackten. »Also, ich meine wegen dem, was Sie eben gesagt haben, erinnern Sie mich an meinen Bruder. Er hatte einen Skiunfall und ist seitdem querschnittsgelähmt.«

Eli sah sie überrascht von der Seite an. »Das tut mir leid.«

»Danke. Aber was ich eigentlich damit sagen will: Noch immer haben Sie Eigenschaften und Charakterzüge, die Sie einzigartig machen, werfen Sie das nicht weg.« Laura wurde rot, als ihr bewusst wurde, dass sie ihm eben ein Kompliment gemacht hatte und er sie erstaunt ansah.

Laura und Eli saßen schweigend nebeneinander. Laura hatte inzwischen schon Hunger und ihr Magen knurrte.

»So allmählich bekomme ich Hunger. Ich sollte zum Hotel zurückgehen.«

»Leider kann ich Ihnen nur Chips anbieten«, erwiderte Eli und zog eine Tüte aus der Einkaufstasche. Dann lächelte er sie schief an und es wirkte so ehrlich, so unsicher, gleichzeitig aber auch so charmant, dass Laura unmöglich hätte ablehnen können.

»Ich hoffe, ich esse Ihnen nichts weg«, erwiderte Laura zögernd.

Eli lachte und stieß mit dem Fuß gegen die Einkaufstasche, sodass die Chips-Tüten darin kurz raschelten. »Ich habe einen Vorrat gekauft, Sie können so viel essen, wie Sie möchten.« Und so saßen sie nebeneinander auf der Bank und reichten sich immer wieder die Chips-Tüte hin und her. Laura hätte Eli gerne das *Du* angeboten, doch sie wusste nicht, wie sie es anfangen sollte. *Eli, ich heiße übrigens Laura.* Das klang so komisch. Andererseits waren sie fast gleich alt und es war seltsam, dass sie sich noch immer siezten. Er ist quasi der Sohn meines Auftraggebers, es ist in Ordnung, dass ich ihn nicht duze, dachte Laura sich.

»Ich denke, ich sollte jetzt gehen«, begann Laura schließlich und stand von der Bank auf. »Morgen ist ein großer Tag und ich möchte ausgeschlafen sein.«

Eli stand ebenfalls auf. »Sicher, ja klar. Ich bringe Sie noch zum Hotel.«

Als sie durch die Mall gingen, schwiegen sie. Jeder von ihnen war in Gedanken.

»Schlafen Sie gut und machen Sie sich keine Sorgen wegen der Präsentation, es wird sicher großartig werden«, erwiderte Eli und gab Laura die Hand zum Abschied.

»Vielen Dank und gute Nacht, Eli. Bis morgen.« Laura hätte seine Hand gerne noch weiter gehalten, doch das hätte einen komischen Eindruck gemacht. Vergiss nicht, warum du hier bist, ermahnte sie sich, als sie vor dem Lift stand.

Zu Hause sah Eli auf sein Handy und bemerkte, dass seine Schwester versucht hatte, ihn anzurufen.

»Dich erreicht man ja fast nicht«, begrüßte ihn Katie mit gespieltem Ernst. »Wo treibst du dich denn rum? Oder sollte ich eher fragen, mit wem?« Eli hatte Katie noch überhaupt nichts von Laura erzählt, und so gab er den Ahnungslosen.

»Hey, Kat. Ich war einkaufen.« Das sollte als Antwort genügen. Doch eigentlich hätte Eli wissen müssen, dass sich seine Schwester nicht mit solch fadenscheinigen Antworten abspeisen lassen würde.

»Komm, Eli. Tu nicht so. Evi hat mit mir gestern telefoniert und anscheinend geht innerhalb der Familie das Gerücht um, dass du dich in die Grafikerin, die zurzeit bei euch ist, verguckt hast. Ich hoffe, sie ist das genaue Gegenteil von Chelsea, dann wäre sie mir sympathisch.«

»So schlimm war Chelsea nun auch nicht«, murmelte Eli und setzte sich auf die Couch. Er hörte Katie wütend aufschnaufen. »Hör auf, sie auch noch zu verteidigen, Eli, sie hat dir wehgetan, das reicht, damit sie bei mir unten durch ist. Also, wie ist *sie*? Und wie heißt sie?« Eli liebte seine kleine Schwester sehr, aber ihr jetzt von Laura zu erzählen, das würde alles viel zu offiziell machen, und das wollte er nicht. Und vor allem wer in der Familie erzählte denn, dass er sich in Laura verguckt hatte? Das war doch wohl übertrieben.

»Eli, jetzt komm schon. Sag was. Lass mich hier nicht ohne Infos sitzen.«

»Katie, Evi hat übertrieben. Ich habe mich nicht in Laura verguckt. Zugegeben, sie ist eine sehr schöne und freundliche Frau, und ich fühle mich sehr wohl, wenn sie da ist. Das ist aber auch schon alles.« Am anderen Ende des Handys blieb es kurz ruhig.

»Du fühlst dich wohl, wenn sie bei dir ist. Aber das ist doch wirklich super, Eli. Jetzt will ich wirklich alles wissen. Mag sie dich auch? Wie sieht sie aus? *Schön* ist ein bisschen wenig Beschreibung!«

»Wieso kommst du morgen nicht zur Präsentation? Dann wirst du sie sehen«, konterte Eli mit einer Gegenfrage. Katie hatte ihm schon vor drei Tagen eine Nachricht geschrieben, dass sie leider nicht kommen könne. Wie immer wegen ihres Jobs. Katie arbeitete als Mediaberaterin für eine der größten britischen Tageszeitungen. Sie verdiente nicht schlecht, doch die Arbeit verschlang nahezu jede Freizeit, die sie hatte. Katie hatte eigentlich schon lange keinen Spaß mehr an ihrem Job, war aber die meiste Zeit zu eingespannt, um sich eine Alternative zu suchen.

»Ich habe dir doch schon geschrieben, ich kann nicht kommen – die Arbeit!«

»Wenn ich jedes Mal eine britische Pfundnote für diesen Satz bekommen würde ...«

»Ist ja gut, aber jetzt lenke nicht ab, Bruderherz. Wie sieht diese Laura aus, und mag sie dich auch?« Ja, ja, so war Katie. Ihr konnte Eli nichts vormachen, sie kannte ihn besser, als ihm lieb war.

Was sollte er jetzt noch sagen?

»Wenn du es genau wissen willst, Katie: Laura könnte die Frau sein, die meinen Vorsatz, keine feste Beziehung mehr zu haben, zunichtemacht. Aber das werde ich verhindern. Ich muss einfach nur aufpassen, das ist alles.«

Laura konnte noch nicht schlafen. Es war zwar schon spät, halb elf. Doch sie war, wie immer wenn sie Präsentationen ihrer Arbeit hatte, etwas nervös. In diesem Fall wohl auch noch etwas mehr als sonst. Sie schaltete ihren Laptop ein, ging ins Internet und gab Elis Namen in die Suchmaschine ein. Sofort kamen, wie erwartet, zigtausende Ergebnisse und alle hatten mit MotoGP zu tun. Laura sah, dass es mehrere Videos von Rennen gab, bei denen er dabei gewesen war. Sie schaute auf die Datumsangaben, denn Laura wollte auf keinen Fall das Video von Elis Unfall sehen. Laura klickte auf eins der älteren Videos und musste zuerst den Ton um einiges leiser stellen. Eli startete bei diesem Rennen von der zweiten Reihe aus, ganz auf der rechten Seite. Laura merkte sich den Platz und versuchte, ihn beim Start nicht aus den Augen zu verlieren. Als Laura den Start sah, wurde ihr etwas übel. Wie nah die Maschinen sich gegenseitig kamen! Eli schaffte es, seinen sechsten Platz zu verteidigen. Und in welcher Schräglage die Fahrer in den Kurven fuhren, das war ihr zuvor nie so klar gewesen. Noch bevor die erste Runde vorbei war, waren zwei Fahrer schon gestürzt, allerdings standen beide sofort wieder auf und der eine fuhr sogar weiter. Laura war verwundert, aber auch schockiert, wie viel dieser Sport den Männern bedeutete, dass sie sich dieser Gefahr aussetzten.

Sie klickte zurück zu den Suchergebnissen und fand ein Interview, das vor etwas mehr als einem Jahr für eine englische Motorradzeitschrift gemacht worden war. Laura dachte nach. Das musste dann kurz vor dem Unfall gewesen sein. Sie überlegte, ob sie es lesen sollte. Ihre Neugier siegte. Laura las sich das Interview durch. Im ersten Teil ging es nur um die derzeitige Saison. Eli schien recht zufrieden zu sein. Er lag wohl in der Gesamtwertung auf Platz drei.

Genug über das Motorradfahren, Eli. Du hast deiner Freundin Chelsea Gallagher vor zwei Monaten einen Antrag gemacht. Wann findet nun endlich die Hochzeit Grantham/Gallagher statt?

Er ist verlobt. Laura wusste nicht wieso, aber irgendwie hatte sie nicht erwartet, dass er eine Freundin hatte. Auf sie hatte Eli eher den Eindruck gemacht, er würde in seinem Bungalow ganz allein leben.

E: Wir haben noch keinen genauen Termin. Chelsea will unbedingt am Meer getraut werden, wir sind uns da noch nicht ganz einig. Lass erst mal die Saison vorbei sein, dann kann ich dir auf die Frage vielleicht eine Antwort geben.

Und wie läuft's zwischen euch? Chelsea ist bei fast jedem Rennen von dir dabei. Hat sie Angst um dich?

An dieser Stelle verdrehte Laura die Augen. Natürlich hatte sie Angst um ihn, sie liebt ihn ja, wie konnte diese Chelsea da keine Angst haben? Manchmal stellten diese Reporter schon wirklich dämliche Fragen.

E: Chelsea ist eine taffe Frau. Sie weiß, wie viel mir die Karriere bedeutet, und da braucht sie sich keine Sorgen um mich zu machen. Natürlich ist der Motorradsport kein ungefährlicher Job, aber im Endeffekt kann doch überall was passieren. Außer-

dem muss sich Chelsea auch auf ihre Karriere konzentrieren (sie ist Model; Anm. d. R.) Laura ertappte sich dabei, wie sie erneut die Augen verdrehte. Echt jetzt, Model. Das war ja wirklich klischeehaft. *Zu deiner ersten Frage, wie es läuft, Mann. Also, was soll ich sagen. Sie ist großartig. Ich liebe Chelsea und ihr Ja zu meinem Antrag war das Highlight dieses Jahres. Ich freue mich darauf, sie meine Frau nennen zu dürfen.* Laura las sich den Satz mindestens dreimal durch und schaute dann an die Zimmerdecke. *Sie ist großartig und ihr Ja zu meinem Antrag war das Highlight dieses Jahres.*

Dein Bruder wird demnächst das Familienunternehmen übernehmen? Planst du nach deiner Karriere ebenfalls ins Unternehmen einzusteigen.

E: Nach meiner Karriere? Wann soll das denn sein? Ich werde ewig Motorrad fahren (lacht). Nein, die Leitung und die Arbeit mit den Resorts überlasse ich ganz meinem Bruder.

Wie versteht ihr euch? Die Beziehung zu dem italienischen Teil deiner Familie scheint nicht besonders herzlich zu sein.

E: Meine jüngere Schwester und ich sind in England aufgewachsen, bei unserer Mutter. Meine beiden älteren Geschwister in Italien bei unserem Vater. Was soll ich da sagen, wenn man sich nicht oft sieht und man sich eigentlich nichts zu sagen hat, das schweißt nicht zusammen.

Zurück zu deiner Karriere. Was planst du für den Rest der kommenden Saison – Titelverteidigung des dritten Platzes oder strebst du nach oben?

E: Du kennst mich. Da ist immer mehr drin, und ich will aus der Maschine und aus mir alles rausholen, was geht.

Du hast den Spitznamen Fearnaught. An dieser Stelle musste Laura schnell nachsehen, was dieses Wort bedeutete. Ach, so viel wie *Draufgänger*. **Wirst du diesem Spitznamen alle Ehre machen?**

E: Der Spitzname ist etwas übertrieben. Ich bin weder uner-

schrocken noch ein Draufgänger. Ich fahre risikoreich. Das mag sein, aber ich möchte auch etwas erreichen, wie jeder andere Fahrer auch. Hinter jedem Fahrer steht ein ganzes Team, das an den Motorrädern arbeitet, und ich möchte für mein Team gewinnen und das beste Ergebnis erreichen, das möglich ist.

Das ist doch ein super Schlusswort. Ich wünsche dir alles Gute und weiterhin viel Erfolg. Vielen Dank für das Interview.

Der Eli aus dem Interview war ein ganz anderer Mensch als der, den Laura kennengelernt hatte. Er war ohne Zweifel ein Mann, der das Leben in jeder Minute genoss. Er war selbstsicher und ehrgeizig. Laura tat es leid, wenn sie sich vor Augen führte, wie er jetzt war. Der Eli, den sie kennengelernt hatte, schien unglücklich zu sein. Sie erinnerte sich an den nachdenklichen Ausdruck, der immer auf seinem Gesicht lag. Ohne weiter darüber nachzudenken, suchte Laura nun nach Chelsea Gallagher. Sie fand sie bei der Bildersuche ziemlich schnell, in ebenfalls zigtausend Ausführungen. Sie stand in Bikinimode am Strand, sie rekelte sich in Dessous auf einem Bett, sie stand mit Sonnenbrille auf dem Kopf vor einem Monitor und schaute wohl Eli bei einem Rennen zu. Chelsea hatte blonde, lange, lockige Haare und war auf allen Bildern top gestylt. Auf einem Bild hatte Eli den Arm um sie gelegt. Auf einem anderen Bild, das wohl in einer Klatschzeitschrift veröffentlicht worden war, hatten Eli und Chelsea Sonnenbrillen auf und Eli küsste sie auf die Wange. Laura sah zufällig auf den Text, der unter dem Bild stand: *Die Zeiten des Küssens sind vorbei für Model Chelsea Gallagher und ihren nun Ex-Verlobten, den ehemaligen Motorsportprofi Eli Grantham. Kurz nach dem Unfall des Motorsportprofis hatte sich das Paar getrennt, die Gründe sind noch nicht bekannt. So schnell kann's gehen! Chelsea hat aber schon den nächsten Fisch an der Angel. Der Motorsportprofi Lewis »the Shark« Richardson scheint der neue Traummann für sexy Chelsea zu sein. Wie es aussieht, hat die hübsche Blondine ein Faible für Motorradfahrer. Nur dass sie sich diesmal gleich den Hai geangelt hat. Chelsea über ihren neuen Fang: »Lewis ist ein echter diamond geezer.* Laura musste wieder nachschauen. Aha, ein Traumprinz. *Wir haben uns in einem Club gesehen und es war Liebe auf den ersten Blick.« Bleibt abzuwarten, wie lange diese Beziehung hält oder ob sexy Chelsea bald der nächste MotoGP Fahrer ins Netz geht ...*

Er war also tatsächlich nicht vergeben. Auf der einen Seite freute sich Laura, aber es tat ihr auf der anderen Seite auch leid. Eli hatte nicht nur seine Karriere aufgeben müssen, er hatte auch noch seine Verlobte verloren.

Am Morgen vor der Präsentation rief Laura ihre Mutter an. Ihre Mutter hatte noch gar nicht gewusst, dass Marcello sich auch für die Präsentation angekündigt hatte. Er wollte schließlich sehen, was Laura erarbeitet hatte.

»Bist du aufgeregt?«, fragte ihre Mutter.

»Etwas mehr als sonst, aber die Ergebnisse sind dieses Mal wirklich sehr schön und dann macht es auch ein bisschen Spaß, sie vorzuführen. Es ist nur ...«

»Was hast du?«, fragte ihre Mutter besorgt. »Geht es dir nicht gut?«

»Doch, Mamma, mir geht es sogar mehr als gut, ich fürchte nur, ich bin gerade dabei, mich zu verlieben.« Jetzt war es raus. Und es fühlte sich überhaupt nicht falsch an, es auszusprechen, bemerkte Laura überrascht.

»In wen hast du dich verliebt?«, fragte ihre Mutter skeptisch. Seit Giorgio hatte Laura mit keinem Mann mehr eine Beziehung gehabt. Dass sich ihre Tochter nun bei diesem Auftrag, der weitere Aufträge für die Werbeagentur bedeuten konnte, verliebt haben sollte, war ihr nicht geheuer. Hatte Laura bis jetzt nicht eher ein schlechtes Händchen bei Männern bewiesen?

»In Carlos Bruder, ich hatte dir von ihm erzählt. Er heißt Eli.«

»Der Engländer?«, fragte ihr Mutter nach.

»Ja, genau der. Ich weiß nicht, wie es passiert ist, es war nicht wie bei Giorgio. Da war ich ja schon beim ersten Treffen mit ihm total hin und weg. Mit Eli ist das anders. Er ist kein Blender und er spielt auch keine Spielchen oder so. Es ist zwar nicht so leicht zu durchschauen, wie seine Gefühle sind, trotzdem wirkt er echter, ehrlicher.«

»Ach, Laura. Ich weiß nicht, bitte verrenne dich nicht in etwas, das nicht da ist. Du weißt nicht, wie er für dich empfindet, und ich habe Angst, dass du wieder verletzt wirst, Schatz.«

»Mach dir keine Gedanken, Mamma, ich passe auf mich auf, und wahrscheinlich ist es sowieso nur eine Schwärmerei.« Laura wusste, dass diese Aussage gelogen war. Noch nie in ihrem Leben hatte sie sich so sehr zu einem Mann hingezogen gefühlt wie zu Eli.

Laura sammelte ihre Unterlagen zusammen und ging in Gedanken alles durch. Hatte sie auch nichts vergessen?

»Aufgeregt?«, fragte hinter ihr eine Stimme und Laura drehte sich zu Eli um, der im Türrahmen stand. Er hatte sich lässig zur Seite gelehnt und sah in seinem dunklen Hemd so attraktiv aus, dass es Laura kurz die Sprache verschlug.

»Sie müssen nicht aufgeregt sein, sie haben selbst mich überzeugt, dass es unbedingt nötig ist, in Sachen Marketing etwas Modernes und Aktuelles zu wagen. Und ich gelte in meiner Familie als der größte Skeptiker.« Laura lächelte ihn dankbar an.

»Na, dann kann ja tatsächlich nichts mehr schiefgehen, oder, wenn ich sogar Sie auf meiner Seite habe, Eli.« Sie ging an Eli, der ihr die Tür aufhielt, vorbei und wartete im Gang auf ihn, bis er ihre Bürotür geschlossen hatte.

»Nehmen wir den Aufzug, oder? Mit diesen Schuhen wollen Sie sicher nicht die Treppen nehmen.« Eli sah, wie beim ersten Mal, als sie sich kennengelernt hatten, auf ihre Schuhe. Heute hatte sich Laura für ein paar schlichte Pumps in einem dunklen Magenta entschieden, passend zu dem dunklen Kostüm, dass sie trug. Ihre Bluse unter dem Blazer war ebenfalls Magenta, genauso wie ihre Fingernägel. Sonst würde sie noch aussehen, als wollte sie zu einer Beerdigung.

»Unterschätzen Sie mich nicht, mit diesen Schuhen würde ich weit gehen, wenn es das Ziel wert wäre.« Sie sah Eli herausfordernd an und drückt auf den Aufzugknopf.

»Das glaube ich Ihnen sofort. Sie wirken nicht so, als würden Sie schnell aufgeben.«

»Da haben wir etwas gemeinsam, schätze ich.«

Der Aufzug hielt und Laura und Eli stiegen ein. »Soll ich Ihnen etwas abnehmen?«, bot Eli an.

»Nein, vielen Dank, ich schaffe das schon.« Laura schenkte ihm ein liebenswertes Lächeln. Eli war sich der Nähe zu Laura bewusst. Er roch ihr Parfum und musterte sie verstohlen, während sie noch einmal ihre Unterlagen sortierte. Sein Blick glitt von ihren langen Wimpern hinab zu ihrem Hals, ihrem Schlüsselbein, bis zu ihrem Ausschnitt. Dann wanderte sein Blick hinab zu ihren schlanken Beinen in der schwarzen Stoffhose und ihren hohen Schuhen. Als der Aufzug anhielt, schreckte Eli kurz zusammen, so war er versunken gewesen in den Anblick, der sich ihm geboten hatte.

»Na dann, los geht's«, sagte Laura, biss sich kurz auf die Lippen und sah Eli an.

»Ich wünsche Ihnen jetzt kein Glück, das haben Sie nämlich gar nicht nötig. Sie sind großartig«, flüsterte Eli ihr zu, indem er sich kurz zu ihr beugte.

»Laura!«, rief auch schon Marcello, als er sie entdeckte. Eli trat zur Seite und beobachtete erstaunt die herzliche Begrüßung von Marcello und Laura. Marcello umarmte Laura und es sah fast aus, als würde er sie zerdrücken. Laura betrat den Präsentationsraum mit ihrem Chef und Eli beobachtete sie. Laura war wirklich etwas Besonderes. Sie begrüßte Elis Familie und wirkte so unbefangen und entspannt, als würde sie sie schon ewig kennen. Gleichzeitig schaffte sie es, eine Distanz zu wahren, die für diesen geschäftlichen Anlass notwendig war. Wenn es jemanden gab, der nicht wusste, wie er sich verhalten sollte, so musste Eli sich eingestehen, dann war er es selbst. Er spürte, wie sich Laura immer mehr in sein Leben schlich. Wie sie seine Gedanken und Gefühle beeinflusste. Es war schön und gleichzeitig war es beängstigend. Sie ist nicht wie Chelsea. Wie oft sagte er sich das.

»Eli, wie schön, ich wusste nicht sicher, ob du kommst«, begrüßte Edmondo seinen jüngeren Sohn, als dieser in den Präsentationsraum trat. Eli sah seinen Vater emotionslos an.

»Edmondo.« Es versetzte Edmondo jedes Mal einen Stich, wenn ihn Eli so nannte. Doch das wollte er seinem Sohn nicht sagen, er war so froh, dass Eli in Italien lebte, und eine leise Stimme in ihm hoffte noch immer, dass sich die Beziehung zu seinem Sohn wieder einrenken würde. Carlo saß neben seinem Vater. Da die Situation immer angespannt war, wenn sein Bruder und sein Vater aufeinandertrafen, wartete Carlo aufmerksam ab, wie sich das Gespräch entwickelte. Auch Evelina und Michela wirkten konzentriert.

Edmondo war aufgestanden, um Eli die Hand zu geben. Eine Umarmung, wie sonst in der Familie oft üblich, kam zwischen ihnen nicht vor. Eli hatte die Anlässe, bei denen er auf seinen Vater traf, in der Vergangenheit nach Möglichkeit gemieden. Seitdem er im Resort wohnte, war dies nicht mehr möglich gewesen, außerdem war ihm auch bewusst geworden, dass es keinen wirklichen Grund gab, ein Zusammentreffen mit Edmondo zu verhindern. Eli selbst hatte, das wusste er, einen nicht unmerklichen Anteil daran, dass sein Verhältnis zu seinem Vater nicht mehr so herzlich war. Nach dem Unfall hatte sein Vater oft angerufen und sich um eine bessere Kommunikation bemüht. Vielleicht war es nun einfach an der Zeit, die Vergangenheit ruhen zu lassen. Eli gab seinem Vater zur Begrüßung die Hand und brachte sogar ein schiefes Lächeln zustande. Wie immer war es schwer, ein Gesprächsthema zu finden. Zu oft war in der Vergangenheit aus nichtigen Dingen eine große Diskussion entstanden.

»Ich denke, dass ich die Commando in den nächsten Tagen zum Laufen bekomme.«

»Wirklich. Das ist super. Ich wusste, dass du das hinbekommst«, freute sich Edmondo. Er klopfte Eli aufmunternd auf die rechte Schulter.

Laura sah zu Eli und seinem Vater. Die Distanz zwischen den beiden war deutlich zu spüren. Sie wirkten beide völlig verkrampft. Eli wandte sich schließlich ab und begrüßte seine Nonna Michela Liccardi, indem er sie auf die Wange küsste. Sie sagte etwas zu ihm und er lächelte sie liebevoll an. Zumindest einen Teil seiner italienischen Familie schien er gerne zu haben. Eli ließ sich auf dem Stuhl neben seiner Nonna nieder und blickte nach vorne zu Laura. Ertappt schaute Laura schnell auf ihre Unterlagen.

»Kommt Katie wirklich nicht?«, hörte Laura Edmondo, an Eli gewandt, fragen.
»Nein, sie hat zurzeit so viel bei der Zeitung zu tun.«
»Schade, es wäre schön, sie mal wieder zu sehen.« Nicht nur Edmondo schien deswegen enttäuscht zu sein, auch Eli hatte wohl eine gute Beziehung zu seiner kleinen Schwester.

Carlo sprach schnell ein paar einleitende Sätze, danach übergab er das Wort an Laura. Laura war die ersten Augenblicke sehr nervös, doch dann war sie ganz Geschäftsfrau. Sie war völlig konzentriert auf ihre Präsentation, bei Rückfragen war sie aufgeschlossen und hatte auf alles eine Antwort. Sie stellte Seite für Seite des Prospekts vor. Zusätzlich hatte sie Probenseiten der Chronik und ein Dummy des Resortprospektes gemacht, die sie austeilte. Als sie schließlich zu den Maskottchen kam, legte sie den Liccardis die zwei Entwürfe vor.

»Der Vorteil bei der comichaften Gestaltung ist, dass es mehr die Kinder anspricht, gleichzeitig grenzt es aber auch die Zielgruppe auf Kleinkinder und Kinder ein. Die der Realität nachempfunden Entwürfe eignen sich hingegen auch für das Bedrucken von Werbeprodukten für nahezu alle Gäste. Marcello und ich dachten uns, wir stellen Ihnen am besten beide Gestaltungen vor, damit Sie wählen können.« Sie teilte beide Entwürfe aus. Als auch noch nach 20 Minuten die Argumente, das Für und Wider beider Entwürfe besprochen wurden, schlug Carlo vor: »Warum fragen wir nicht die Kinder?« Susann nickte und stand auf und kam kurz darauf mit ihrer Tochter Emilie und Renatos beiden Söhnen zurück. Maurizio war der ältere, wie Emilie sechs Jahre alt und wirkte selbstbewusst wie sein Vater. Filippo, sein kleiner Bruder, gerade mal vier Jahre alt, lief sofort zu seinem Vater und wirkte ziemlich eingeschüchtert.

Laura sammelte die beiden Entwürfe ein und legte sie auf den Tisch, dann wandte sie sich an die Kinder.

»Ich brauche bei einer wichtigen Entscheidung eure Hilfe. Habt ihr Lust?« Emilie und Maurizio nickten begeistert. Filippo blieb schüchtern an der Seite seines Papas und wollte sich auch nicht die Entwürfe ansehen.

»Welche Figuren findet ihr schöner?« Laura zeigte ihnen beide Figurenpaare. Emilie und Maurizio einigten sich schnell auf die comichafte Darstellung.

»Und du magst dir die Entwürfe nicht ansehen, *passerotto*?«, fragte Renato, an seinen jüngeren Sohn gewandt. Filippo nickte kurz, schüttelte dann den Kopf und nickte dann wieder. Laura fand es zu goldig, wie Renato mit seinem kleinen Sohn umging. *Passerotto, Spatz*, so hatte sie ihr Vater nie genannt.

»Er ist einfach wahnsinnig schüchtern und hängt sehr an mir«, erwiderte Renato lächelnd und stand auf, um sich mit Filippo die Entwürfe anzusehen.

»Ich war in seinem Alter nicht anders«, kam es von Eli. »Aber mach dir keine Sorgen, Renato, das vergeht, wenn er älter wird.« Es war ein Kommentar, den er spontan geäußert hatte und den er dann gerne wieder zurückgenommen hätte. Er spürte den Blick seines Vaters auf sich und auch den seiner Geschwister. Als er in Filippos Alter war, lebten seine Eltern schon seit zwei Jahren getrennt, aber Eli konnte sich erinnern, dass er sich wie wahnsinnig gefreut hatte, wenn er alle paar Monate seinen Vater gesehen hatte. Wann hatte das aufgehört? Eli dachte kurz nach. Das musste zu dem Zeitpunkt gewesen sein, als er 16 oder 17 gewesen war und er nicht mehr seine Ferien in Italien hatte verbringen wollen. Katie war alleine nach Italien gefahren und Eli hatte sich so erwachsen gefühlt. Eli sah kurz zu seinem Vater.

Noch immer schaute Edmondo ihn an, als wollte er ihm etwas sagen.

Renato sah mit Filippo die Entwürfe an. »Na, welche Figuren gefallen dir besser?« Filippo sah sich die beiden verschiedenen Zeichnungen ganz genau an.

»Die hier?«, fragte Laura und zeigte auf die reale Zeichnung. Filippo schüttelte kurz den Kopf.

»Gefallen dir die hier besser?« Laura zeigte auf die zweite Zeichnung. Filippo nickte.

»Ich finde die auch schöner«, erwiderte Laura an Filippo gewandt und lächelte ihn an.

»Die sind viel bunter«, meldete sich nun Filippo zu Wort, der durch Lauras Lächeln etwas mutiger wurde.

»Vielen Dank für eure Hilfe«, erwiderte Laura an Emilie und Maurizio gewandt. »Und auch vielen Dank an dich«, sagte sie zu Filippo. Filippo strahlte Laura an.

»Ich glaube, jetzt haben Sie einen Fan«, erwiderte Renato an Laura gewandt. Mit Filippo ging er zurück zu seinem Platz und kam bei Eli vorbei, der verträumt zu Laura nach vorne blickte. »Ich korrigiere: Sie hat wohl eher zwei Fans, oder, Cousin?« Er klopfte Eli aufmunternd auf die Schulter.

»Laura ist eine wunderschöne und auch noch sehr kluge Frau, was zögerst du so lange?«, erwiderte Michela leise an Eli gewandt, als die Präsentation vorbei war. Sie sah ihren Enkel auffordernd an.

»Nonna, wovon sprichst du?« Eli sah seine Nonna mit dieser Unschuldsmiene an, die er schon seit seiner Jugend perfekt beherrschte. Zu seiner Nonna hatte er in all den Jahren immer eine gute Beziehung gehabt.

»*Tesoro mio*, ich bin zwar schon älter, aber ich kann noch immer sehr gut erkennen, wenn meine Männer in der Familie etwas beschäftigt.«

»Es beschäftigt mich gar nichts. Du irrst dich. Signorina Giancomelli ist eine schöne, talentierte junge Frau. Sie wird es noch weit bringen.«

»Du warst vor Ihrer Präsentation nervöser, als sie selbst. Mach dir nichts vor. Es würde mich nicht wundern, wenn sie dich auch gerne hätte.« Michela sah zu der jungen Frau, die sich eben mit Carlo unterhielt, doch alle paar Augenblicke sah sie von ihrem Gesprächspartner hin zu Eli.

Eli war sich Lauras Blicken ebenfalls bewusst. Ausweichend sah er auf seine Hemdknöpfe hinunter.

»Ich sehe schon, du brauchst etwas Hilfe, *tesoro*«, entgegnete Michela amüsiert und hakte sich bei ihrem Enkelsohn unter. Zielstrebig ging sie zu Laura hin und zog Eli mit sich.

»Eben habe ich Eli schon vorgeschwärmt, wie begeistert ich von Ihren Entwürfen bin«, begann Michela. Laura spürte, wie ihr bei diesem Kompliment die Röte in die Wangen schoss. Michela und ihr inzwischen verstorbener Ehemann Salvatore hatten die Liccardi Resortgruppe vor etwas weniger als 50 Jahren gegründet und Edmondo und auch Carlo schätzten noch immer sehr Michelas Meinung. Daher bedeutete Laura ihr Lob sehr viel.

»Es freut mich, dass Sie alle so zufrieden sind. Mir haben die Entwürfe auch sehr gut gefallen und es hat Spaß gemacht, alles auszuarbeiten. Aber nervös bin ich natürlich immer, wie meine Ideen ankommen. Jetzt bin ich wirklich sehr glücklich und ich freue mich schon, alle Ideen und Pläne in die Realität umzusetzen.«

Laura lächelte unbefangen. Eli lächelte vorsichtig zurück. Dieses Lächeln war ansteckend. Anders konnte man es nicht sagen. Michela schaute zufrieden zwischen den beiden hin und her und ging zu ihrem Sohn Edmondo, der ebenfalls zwischen seinem jüngsten Sohn und der Grafikerin eine gewisse Zuneigung bemerkte.

Laura war glücklich, es hatte besser geklappt als gedacht und Eli sah ebenfalls sehr entspannt aus.

»Das Hemd steht Ihnen gut«, erwiderte Laura spontan. In ihrem Kopf hatte sich dieses Kompliment ganz gut angehört. Eli trug eine dunkle Jeans und ein schwarzes Hemd, die Ärmel lässig hochgekrempelt und Laura hatte das Gefühl, dass seine Augen dadurch noch blauer wirkten als sonst. Nachdem sie es ausgesprochen hatte, wirkte dieses Kompliment nur noch sehr platt.

»Also, Sie sehen sonst natürlich auch gut aus in den T-Shirts. Ich meine ...«, Laura fiel nichts mehr ein, »... ich lasse es jetzt wohl besser.«

Eli lächelte sie liebevoll an. »Vielen Dank. Machen Sie sich keine Sorgen. In Sachen seltsame Komplimente können Sie mir sicher niemals das Wasser reichen, da bin ich wirklich der Beste.«

»Was sagen Sie zu den Ideen und Entwürfen? Und zu meiner ... der Präsentation?« Laura hatte eigentlich nicht fragen wollen, da sie auf Elis Meinung mehr Wert legte, als ihr lieb war, aber selbst wenn es ihm nicht gefallen hatte, das musste sie aushalten.

»Ich finde Ihre Ideen gut. Sie stellen das alles so gut vor, dass man sofort vor Augen hat, was Sie meinen. Ich denke, Sie haben ein Talent, Leute zu motivieren und zu begeistern. Mir ist erst mit Ihren neuen Entwürfen und Ideen aufgefallen, wie altbacken unsere Werbung für das Resort bisher war.« Er hatte ohne zu zögern geantwortet und ihr, als er sprach, in die Augen gesehen. Er meinte es tatsächlich so und wollte ihr nicht nur ein Kompliment machen. Laura fühlte, wie eine weitere Welle des Glücks sie förmlich überschwemmte.

»Laura, sehr schön, großartig!« Mit diesen Worten kam Marcello auf sie zugeeilt. Trotz einer beachtlichen Leibesfülle war ihr Chef kein behäbiger Mensch. Im Gegenteil, Marcello scheute es nicht, sich die Hände schmutzig zu machen und war dort, wo Hilfe gebraucht wurde, immer zur Stelle. Eine Eigenschaft, die auch seine Angestellten sehr an ihm schätzten. Nun kam er strahlend auf Laura zu.

Eli sah amüsiert auf Lauras Chef. Bevor Marcello mit seiner Lobeshymne fortfuhr, beschloss Laura, die Chance zu ergreifen.

»Marcello, darf ich dir Eli Grantham vorstellen? Ich hatte dir schon am Telefon von ihm erzählt.« Und an Eli gewandt sagte sie. »Eli, mein Chef, Marcello Mazzini.« Eli und Marcello gaben sich die Hände.

»Laura hat schon viel von Ihnen erzählt. Sie meinte, die meisten Informationen für ihre Arbeit hat sie von Ihnen bekommen.«

Hatte sie das zu ihrem Chef gesagt? Natürlich hatte sie vielleicht ein bisschen übertrieben, er hatte nicht mehr geholfen als alle anderen, doch dass er überhaupt hatte helfen können, erfüllte ihn mit mehr Freude, als er sich eingestehen wollte. Laura wirkte so selbstständig, das hatte er schon gemerkt, als sie am Leuchtturm gesessen und sich unterhalten hatten. Sie schien so stark zu sein, dass sie nichts umwerfen konnte, und gleichzeitig, wenn sie sich so begeisterte für den Strand und die Landschaft, wirkte sie für kurze Zeit so jung, so angreifbar, dass Eli das Gefühl hatte, sie beschützen zu müssen.

»Ich denke nicht, dass ich mehr dazu beigetragen habe als die anderen. Aber es freut mich, wenn ich Ihnen helfen konnte, Signorina.«

Laura sah Eli an. Wie schön wäre es, wenn dieser Mann sie mit ihrem Vornamen ansprechen würde.

»Ich habe Sie schon live bei einem Rennen gesehen, Sie sind wahnsinnig talentiert«, erwiderte Marcello an Eli gewandt.

Laura hielt die Luft an. Eli schien kurz zu verblüfft, um sofort zu antworten. Doch dann hatte er sich wieder gefangen.

»Danke für Ihr Kompliment. Ich war wahnsinnig talentiert. Welches Rennen haben Sie denn gesehen?«

»Mugello vor zweieinhalb Jahren. Ich war mit meinen Enkeln dort. Meine Enkel waren damals noch jünger und es war ihnen nur wichtig, dass ein Italiener gewinnt, nicht welches Team. Ich kann mich erinnern, Sie haben ziemlich viele Plätze gutgemacht. Meine Enkel waren ziemlich erstaunt und meinten nur, dass es schade wäre, dass Sie ein Engländer sind. Jetzt kann ich ihnen ja erzählen, dass Sie zumindest zur Hälfte Italiener sind.«

Eli lächelte, er wusste nicht, was er darauf sagen sollte. Er konnte sich noch gut an das Rennen erinnern. Jedes Rennen in Italien hatte sich so angefühlt, als käme er nach Hause, oder zumindest, als müsste er sich beweisen. Müsste Ansprüchen genügen, die nicht seine Familie, nicht sein Vater aufgestellt hatten, sondern die er an sich selbst stellte.

»Sie haben nicht zufällig noch Autogrammkarten?«, fragte Marcello. Laura sah ihren Chef erstaunt an. »Im Fernsehen verpassen die Jungs kein Rennen mehr, seitdem wir in Mugello waren, und ich bin mir sicher, beide würden sich sehr freuen, von Ihnen ein Autogramm zu haben.«

Eli wirkte nun wirklich überrascht, dann lächelte er plötzlich. »Natürlich, ich kann Ihnen gerne zwei Autogrammkarten geben. Ich muss die nur erst suchen, in letzter Zeit habe ich die nicht sehr oft gebraucht.«

»Kein Problem, es eilt nicht. Sie können sie Laura mitgeben, bevor sie wieder abreist.«

Laura würde wieder abreisen. Eli spürte plötzlich, wie sich eine seltsam bedrängende Leere in ihm aufbaute bei der Vorstellung, dass Laura demnächst wieder abreisen würde.

»Wir haben draußen ein kleines Buffet aufbauen lassen«, verkündete Carlo. Marcello, ganz Genießer, hatte eben noch neben Laura und Eli gestanden und war dann auch schon auf dem Weg zum Buffet.

»Das klingt großartig. Ich bin schon am Verhungern.«

Laura sah ihm lachend nach, auch Eli lächelte ebenfalls. Noch war es schließlich nicht so weit, dass Laura ging.

Plötzlich war sich Laura bewusst, dass nur noch Eli und sie im Raum waren. Sie standen sich nahe gegenüber und Laura hatte das Bedürfnis, Eli zu umarmen. Sie wollte ihn nah bei sich spüren, wollte seinen Herzschlag fühlen. Wollte mit ihren Fingern über seine Wange streichen. Sie wollte ihn küssen. Der Wunsch war so intensiv, dass Laura zu Eli hochsah und suchte – ja, wonach suchte sie in seinem Blick? Nach der Tatsache, dass es ihm ebenso ging. Eli sah sie unsicher an. Er öffnete den Mund, um etwas zu sagen, doch dann schloss er ihn wieder. Er fühlte dasselbe wie sie, da war sich Laura sicher. Eli konnte seine Gefühle nicht komplett verbergen. Er fuhr sich mit der Hand durch die Haare, dann, ohne Vorwarnung, strich er Laura eine Strähne ihres Haares, die sich aus ihrer Hochsteckfrisur gelöst hatte, hinter ihr Ohr zurück. Laura war kurz erstarrt, als sie sich Elis Berührung bewusst wurde. Reflexartig legte sie eine Hand auf seine, damit er seine nicht sofort zurückzog. Zu angenehm empfand Laura seine Berührung. Eli sah sie kurz überrascht an, dann lächelte er und zog Laura in eine enge Umarmung.

Es fühlte sich besser an, als Laura es sich jemals vorgestellt hatte. Ihr Herz schlug ihr bis zum Hals und schien vor Freude fast zu zerspringen. Sie hatte ihre Arme um seinen Hals geschlungen und genoss es, ihm so nah zu sein.

Es fühlte sich so gut an, sie in seinen Armen umschlungen zu halten, so passend. Eli fand dieses intensive Gefühl wundervoll und gleichzeitig erschreckend. Noch bei keiner anderen Frau hatte er die Berührung so genossen wie bei Laura. Chelsea hatte er immer wieder umarmt und niemals hatte er die Lust verspürt, sie nie wieder loszulassen. Nach dem, was er jetzt empfand, fragte er sich, ob er bei Chelsea überhaupt etwas gespürt hatte.

»Laura!«, rief Marcello und holte damit Eli und Laura wieder in die Realität zurück. Wie lange hatten sie so dagestanden? Eli und Laura sahen zur Tür des Präsentationsraums. Fast hatten sie damit gerechnet Marcello dort stehen zu sehen. Doch die Gesellschaft wollte wohl draußen erst mit Sekt auf die Präsentation und die neuen Werbeideen anstoßen. Laura sah Eli entschuldigend lächelnd an und machte sich dann auf den Weg. Kurz bevor sie den Raum mit dem Buffet erreichten, beugte sich Eli, der neben ihr ging, zu ihr hinunter.

»Sie sollten sich das kommende Wochenende freinehmen. Wie wäre es mit Venedig, würden Sie das gerne sehen?«, fragte Eli.

»Das wäre großartig!«, freute sich Laura.

»Gut, dann rufe ich Sie an«, erwiderte Eli. Laura nickte und strich Eli über die Schulter, bevor sie den Raum mit dem Buffet betraten, wo die Liccardis und ihr Chef schon mit Sektgläsern warteten, um anzustoßen.

6. Kapitel

Es war leicht gewesen, Laura zu versprechen, sie anzurufen. Doch war es wirklich das Richtige, was er da vorhatte? Es war Samstagmittag und Eli sah auf sein Handy. Lauras Nummer. Ruf sie an, sagte sein Herz, aber sein Kopf riet ihm, es nicht zu tun. Gestern schien ihm alles so klar gewesen zu sein, als er Laura in den Armen gehalten, ihren Körper eng an seinem gespürt und den Duft ihrer Haare wahrgenommen hatte. Und war es nicht voreingenommen, wenn er nur durch die Erfahrungen, die er mit Chelsea gemacht hatte, gleich auch alle anderen Frauen vor den Kopf stieß? Eli wanderte vor seinem Bungalow auf und ab. Was sollte er machen? Sein Wunsch, mit Laura zusammen zu sein, sie neben sich zu spüren, mit ihr Zeit zu verbringen, ihr nahe zu sein, kam immer wieder ins Schwanken. Wenn er kurz davorstand, sie anzurufen, dann breiteten sich die Zweifel in seinem Kopf aus und ließen ihn innehalten. Vielleicht hat sie ja gar keine Lust. Du wirst dich in sie verlieben, und wenn sie mit dem Projekt fertig ist, geht sie. Und was ist dann? Wäre es rückblickend dann nicht besser gewesen, sie hätten sich nie Hoffnungen gemacht? Genau, das war es. Es wäre unvernünftig, sie jetzt anzurufen, Gefühle hin und oder her. Es war besser, nicht in einer Traumwelt zu leben, auch nicht nur für wenige Tage.

Laura sah auf die Uhr. Es war Samstagabend und sie rechnete nicht mehr mit Elis Anruf, also versuchte sie es selbst. Nach nur einem Klingeln hörte sie seine vertraute Stimme am anderen Ende.

»Ja?!«, sagte er. Er klang atemlos. Freute er sich?

»Hallo, hier ist Laura. Ich wollte nachfragen, wie es aussieht wegen Venedig?« Sie versuchte, unbefangen zu klingen, obwohl ihr die Vorstellung, mit Eli zusammen zu sein, so viel bedeutete.

»Ah ja, stimmt. Verzeihung, ich habe zurzeit viel zu tun, das müssen wir leider verschieben.« Er klang so seltsam. Als würde er sich selbst nicht sicher sein.

»Oh, ach so, ich dachte nur, weil Sie gesagt hatten ...« Laura versuchte, sich ihre Enttäuschung nicht anmerken zu lassen.

»Es tut mir leid, ich habe mich geirrt.«

Laura biss sich auf die Lippen. Na, das war doch abzusehen gewesen. Hatte sie bis jetzt nicht immer eher Pech mit Männern gehabt?!

»Schade, aber in Ordnung, dann weiß ich nun Bescheid«, sagte sie und schaffte es, die Enttäuschung aus ihrer Stimme zu halten.

»Es tut mir wirklich leid«, sagte Eli ernst und sie glaubte ihm. Er stand sich wohl selbst im Weg. Aber dabei konnte sie ihm nicht helfen. Wenn er selbst nicht wusste, was er wollte, dann würde es die Situation auch nicht einfacher machen, wenn sie ihn zu überzeugen versuchte. Wovon auch? Für sie war es schlichtweg auch einfacher, wenn sie sich nicht in ihn verlieben würde. Wenn es dafür nicht schon bereits zu spät war.

»Dann wünsche ich Ihnen noch ein schönes restliches Wochenende, bis dann. Ciao!«, beendete Laura das Gespräch und sank enttäuscht auf ihr Bett zurück. Reiß dich zusammen, schalt sie sich. Du bist schließlich an einem wunderschönen Ort! Sie würde das Resort und die schönsten Plätze dann eben alleine erkunden müssen.

»Salve Daniele!«, grüßte Eli den Bäcker.

»Ciao Eli! Gut, dass du hier bist. Ich habe hier ein kleines Problem und ich hoffe, dass du mir helfen kannst.«

»Seit wann hast du denn einen neuen Außenbordmotor an deinem Dingi?«, fragte Eli verblüfft.

»Erst seit Kurzem, und das ist auch das Problem. Paolo hat mir den Motor gestern vorbeigebracht und gleich am Dingi angebracht. Er funktioniert nun aber nicht richtig. Hör dir das an.«

Daniele versuchte zu starten. Der Motor sprang kurz an, der Leerlauf war allerdings unregelmäßig und nach einem Augenblick ging der Motor wieder aus.

»Okay, dann sehe ich mir das doch gleich mal an.« Eli stieg zu Daniele in das Boot. Eli sah sich den Außenbordmotor am Heck des Boots genauer an.

»Der Motor ist wohl schon älter. Paolos Bruder hat ihn nicht mehr gebraucht und da hat er ihn mir geschenkt«, erklärte Daniele und ließ sich auf die Sitzbank fallen. »Wenn du es nicht schaffst, mach dir keine Gedanken, Junge, dann ...«

»Ich glaube, ich weiß, woran es liegen könnte, Daniele. Seit wann hat Paolos Bruder denn diesen Kraftstoff drin? Vielleicht ist er schon abgestanden.«

»Vor vier oder fünf Jahren hat er den Motor zum letzten Mal gebraucht. Damals hat er ihn aber vollgetankt.«

»Du könntest das Benzin zur Sicherheit austauschen lassen, so viele Liter sind es nicht, und prüfen lassen, ob auch die Filter verklebt sind, das wäre eine Möglichkeit. Die Zündkerze ist in Ordnung, nichts korrodiert, und auch sonst kann ich keine Mängel feststellen. Tut mir leid, Daniele, dass ich dir nicht mehr helfen kann.«

Eli ließ sich neben Daniele auf die Bank sinken. Die Sonne schien und es war wunderschön. Zwar nicht mehr so warm wie im August, doch auch der September hielt noch traumhafte Tage zum Entspannen am Strand bereit.

»Wie geht es Laura?«, fragte Daniele wie nebenbei. »Sie

war gestern noch kurz im Laden und meinte, sie hätte grünes Licht für die Chronik bekommen.«

»Ich denke, ihr geht es ganz gut«, entgegnete Eli ausweichend.

»Mal ehrlich, Junge, sie gefällt dir doch, oder? Ich habe den Eindruck, sie hat dich sehr gerne.«

»Ja, sie sieht schon sehr gut aus ...«

»Das auch, aber vor allem ist sie wirklich ein sehr liebenswerter Mensch, höflich und zuvorkommend.«

»Wenn du mich jetzt auch noch fragst, warum ich zögere, dann kann ich dir sagen, du bist nicht der Erste mit dieser Frage, Daniele.« Eli stand genervt auf und das Dingi schaukelte etwas.

»Und?«, fragte Daniele unbeeindruckt.

»Und was?«

»Wenn dich schon alle fragen, warum du zögerst, was ist dann deine Standardantwort auf diese Frage?«

»Ich weiß es auch nicht. Ich muss zu Carlo, er und Susann grillen heute und sie haben mich gefragt, ob ich zum Essen kommen möchte. Ciao Daniele!«

»Ciao Eli! Aber denk drüber nach, wenn dich jeder fragt, warum du zögerst, vielleicht sollest du mal darüber nachdenken, was dich wirklich zögern lässt.«

Gegen Abend saß Eli zusammen mit Evelina, Renato, Maurizio, Filippo, Susann und Emilie auf der Terrasse der Familienvilla. Carlo hatte das Grillen übernommen. »Eli, hattest du Laura nicht gesagt, dass ihr etwas zusammen unternehmt?«, fragte ihn Susann unvermittelt. Eli sah überrascht auf. Laura. Hatte sie mit Susann über ihn gesprochen.

»Wieso? Hat sie etwas zu dir gesagt?« Eli versuchte unbefangen zu klingen, doch er konnte die Neugierde in seiner Stimme nicht gänzlich verbergen.

»Ich habe sie heute im Café in der Mall getroffen. Sie hat Postkarten geschrieben und ich hatte den Eindruck, sie hatte sich darauf gefreut, dass ihr zwei etwas unternehmen wollt.«

Eli überlegte kurz. Carlo hatte sich zu ihnen gesetzt und sah seinen Bruder überrascht an.

»Kann sein, dass ich ihr gegenüber vielleicht so etwas erwähnt hatte, aber ich war beschäftigt die letzten zwei Tage und da habe ich das vollkommen vergessen.«

Das war schlichtweg gelogen, er hatte fast jede Minute an Laura gedacht. Wie oft war er kurz davor gewesen, sie anzurufen, das Smartphone schon in der Hand. Doch es war albern, eine nette Vorstellung, mehr nicht. Und die Erinnerung und die Angst, dass es mit Laura so wie mit Chelsea oder sogar noch schlimmer werden könnte, hatten ihn immer wieder überzeugen können, das Handy wegzulegen.

»Aha, na, wenn du dir das einreden willst«, meinte Susann und stand auf, um die Salate aus der Küche zu holen. Carlo sah Eli währenddessen schweigend an. Was er dachte, behielt er für sich.

»Was hat Laura«, Eli bemerkte, dass er ihren Vornamen bis jetzt selten laut ausgesprochen hatte, »denn genau zu dir gesagt?«, fragte er Susann, als sie die Salate auf den Tisch stellte.

»Sie hatte gehofft, dass du Zeit hast und sie anrufst, so wie du es ihr versprochen hattest. Sie hätte sich sehr gefreut, dich besser kennenzulernen, das ist alles.«

Sie würde ihn gerne besser kennenlernen. Irgendwie freute ihn diese Tatsache und Eli versuchte ein Lächeln zu unterdrücken. Um genau zu sein, machte ihn diese Tatsache sogar wirklich glücklich.

»Sag mal, du magst sie doch auch. Das sieht man dir an, Bruder«, erwiderte Carlo. »Warum gehst du ihr dann aus dem Weg? Liegt es an dem Unfall oder an Chelsea oder was ist? Laura ist eine wirklich nette Frau.«

»Ich kann dir nicht genau sagen, warum ich so unschlüssig bin. Ich denke, ich möchte zurzeit einfach nichts Festes, und Laura ist eine Frau, bei der es nicht nur um eine kurze Leidenschaft geht.«

»Also hast du Angst.«

»Ich habe keine Angst, ich bin mir nur nicht sicher.«

Carlo sah seinen Bruder skeptisch an. Eli konnte seine Gefühle nur schlecht verbergen und Carlo war sich mehr als sicher, dass Eli Laura gern hatte.

Eli schwieg, während sie aßen, und beteiligte sich später auch nicht sehr an den Gesprächen. In Gedanken war er bei Laura. Er war sich erst nicht sicher, doch wenn er genau darüber nachdachte, spürte er, dass er eine Entscheidung getroffen hatte. Den ganzen Abend hatte er Susann und Carlo um sich gehabt. Jeder konnte sehen, wie nah sich sein Bruder und Susann standen. Es war schön mit anzusehen, doch gleichzeitig fühlte Eli, wie er etwas neidisch war auf das Familienglück, das Carlo hatte. Renato und Evelina schien es ähnlich wie ihm zu gehen.

Weil er am nächsten Tag schon früh in das Resort am Gardasee musste, ging Renato als Erster. Zum Abschied legte er Eli kurz die Hand auf die Schulter und sagte leise: »Melde dich bei ihr, sie ist die Richtige.«

Eli verabschiedete sich nach dem Nachtisch und auch Evelina stand vom Tisch auf. Evelina, die eigentlich in Venedig wohnte, aber am Wochenende häufig in ihrem Apartment im Resort übernachtete, sah ihn lange von der Seite an.

»Eli, darf ich dir etwas raten?«

Eli sah seine große Schwester überrascht an. »Sicher, nur zu.«

»Ruf sie an, oder noch besser, rede direkt mit ihr. Ich weiß es selbst, es ist einfach nicht schön, alleine zu sein und sie mag dich, das war bei der Präsentation deutlich zu spüren. Sie konnte kaum die Augen von dir lassen. Also, gute Nacht, schlaf gut.« Evelina umarmte ihn herzlich. Eli erwiderte die Umarmung.

»Vielleicht hast du recht, Evi. Gute Nacht!«

»Ich hab's dir noch nicht gesagt, *fratellino*. Aber ich bin froh, dass du da bist.« Ja, das war er inzwischen auch. Doch es war schön, es von Evelina zu hören.

Eli stand um halb neun vor Lauras Bürotür. Die Nacht über hatte er sich den Kopf darüber zerbrochen, was er wirklich wollte. Die Lösung war ihm denkbar einfach erschienen: Er wollte Laura. Doch nun stand er, die Hand an der Tür, vor Lauras Büro und wagte nicht zu klopfen. Warum habe ich solche Angst?, fragte sich Eli, als ihm bewusst wurde, dass sein Herz wie wild in seiner Brust schlug.

»Laura ist nicht da«, nahm er Susanns Stimme zu seiner Rechten war. Eli drehte sich schnell zu ihr um. Susann sah ihn skeptisch an. »Warum willst du jetzt zu ihr?« Eine gute Frage. Die Antwort kam ihm schnell in den Sinn und noch schneller über die Lippen.

»Vielleicht weil mir jetzt klar wird, dass ich mich dämlich verhalten habe.«

»Laura ist heute Morgen beim Yoga, am Platz vor dem großen Pool. Wenn du dich beeilst, triffst du sie dort.«

»Danke dir, Susann.«

Eli ging durch die Mall zum Platz und erkannte Laura sofort. Die Haare zu einem Pferdeschwanz zusammengebunden, stand sie in schwarzen Haremshosen und rosa Top mitten in einer Gruppe von Frauen und machte

Yoga. Eli stellte sich neben einen anderen Mann, dem er kurz zunickte, der den Frauen ebenfalls bei ihren letzten Übungen zuschaute.

»Wie lange macht Ihre Frau schon Yoga?«, fragte ihn der Mann plötzlich. Er hatte Eli auf Englisch angesprochen und dem Akzent nach zu urteilen war der Mann aus Holland.

»Seit fünf Jahren«, entgegnete Eli ohne zu zögern, weil Laura es ihm erzählt hatte, als sie in der Mall Chips gegessen hatten. Dann wurde ihm erst der Satz des Mannes bewusst.

»Meine Frau hat erst vor sechseinhalb Monaten angefangen, seit sie schwanger ist. Aber es scheint sie wirklich zu entspannen.« Der Mann sah verliebt zu einer Frau in einem giftgrünen T-Shirt. Das T-Shirt spannte sich bereits deutlich über dem Bauch. »Wir freuen uns schon so sehr auf unseren Sohn. Es ist unser erstes Kind.«

Eli sah seinem Gegenüber an, wie glücklich er war. »Herzlichen Glückwunsch.«

»Vielen Dank.«

Eli sah zu Laura. Sie war vertieft in die Übungen und hatte ihn noch nicht bemerkt.

»Haben Sie sich schon einen Namen überlegt?«, fragte Eli. Er sprach nicht zu schnell, da er nicht wusste, wie gut das Englisch des Mannes war.

»Wir werden ihn wahrscheinlich Luuk Johann nennen. Johann heißen mein Schwiegervater und mein Vater.«

Eli nickte und wollte gerade etwas erwidern, da war die Yogastunde vorbei und die Dame im grünen Top gesellte sich zu ihnen. Sie sagte zu ihrem Mann eben etwas auf Holländisch.

»Eli?«, fragte eine Stimme hinter ihm und Eli drehte sich zu Laura um. Sie sah bezaubernd aus. Ein paar Strähnen hatten sich aus ihrem Pferdeschwanz gelöst und das pinke Top schmiegte sich eng an ihren Körper an. Dieser Anblick, so gefiel Laura ihm am besten, und Eli versuchte sich dieses Bild in seinem Kopf, wie einen Screenshot, abzuspeichern. Laura sah ihn mit abwartendem Gesichtsausdruck an. Was machst du hier? Die Frage stand unausgesprochen zwischen ihnen.

»Ich wollte Sie fragen, ob Sie mit mir nach Venedig kommen möchten.«

Laura sah Eli skeptisch an. Sie hatte die rechte Augenbraue nach oben gezogen und die Arme in die Seiten gestemmt.

»Eigentlich hatte ich vor zu arbeiten. Ich wollte mich informieren, welche Druckerei aus der Umgebung sich für den Auftrag eignen würde, vielleicht schon eine Anfrage schicken.« Das klang nach einer Absage. Eli wusste, dass sie gekränkt war. Einen Versuch wollte er aber noch starten.

»Aber bevor Sie wieder abreisen, müssen Sie doch zumindest einmal in Venedig gewesen sein.«

Laura dachte nach. Sie sah ihn aufmerksam an. Eli wirkte angespannt, wie eigentlich fast immer. »Warum möchtest du heute etwas mit mir unternehmen? Die letzten zwei Tage war ich die meiste Zeit alleine. Du hast auch nicht angerufen, wie du es versprochen hattest, und als ich anrief hattest du keine Zeit!?«

Eli blickte sie überrascht an. Jetzt waren sie also schon mal beim *Du* angekommen. Endlich.

»Sagen wir so, ich will es wiedergutmachen. Hast du Lust?«

»Natürlich, sehr sogar.«

Das holländische Pärchen ging eben an ihnen vorbei. »Ich wünsche Ihnen beiden noch einen schönen Urlaub«, grüßte der Mann an Eli gewandt freundlich.

»Ich Ihnen auch, und alles Gute.«
»Danke.«
Laura sah Eli überrascht an. »Ach, machen wir hier zusammen Urlaub? Davon wusste ich ja gar nichts.«

Laura zog sich ihre flachen Ballerinas an, mit denen sie gut laufen konnte, dann sah sie auf die große Fototasche. Sollte sie die mitnehmen? Schöne Motive gab es bestimmt eine Menge, aber die Tasche war unförmig und sie war mit Eli in Venedig, um die Zeit dort zu genießen. Um mit dem Mann Zeit zu verbringen, von dem sie inzwischen nun fast jede Nacht träumte. Aber dann ärgere ich mich wieder, wenn ich die Kamera nicht mit dabeihabe.

»Was ist?«, fragte Eli. Er war ihr aufs Hotelzimmer gefolgt und beobachtete belustigt, wie sie zögernd zwischen ihrer größeren Tasche, in der sie die Kamera und die Objektive verstaut hatte, und ihrer schmalen Handtasche hin und her schaute.

»Ich bin unschlüssig. Soll ich die große Tasche mitnehmen, für den Fall, dass es etwas Schönes zu fotografieren gibt? Die Tasche ist aber unhandlicher und nicht ganz leicht. Vielleicht reicht meine Handtasche mit der Digicam?« Laura sah skeptisch auf ihre schmale Handtasche. Der Tag sollte schließlich perfekt werden. Mit Eli Zeit zu verbringen war das, was sie wollte. Er war bestimmt nicht scharf darauf, alle paar Minuten stehen zu bleiben, während sie Fotos von den kleinen Gässchen und Kanälen machte. Sie griff nach ihrer Handtasche.

»Du siehst nicht besonders glücklich aus«, bemerkte Eli.

»Doch, alles gut«, entgegnete Laura und sah sehnsüchtig auf die größere Tasche, in der ihre Kamera auf den Einsatz zu warten schien.

»Komm, da gibt's doch die perfekte Lösung«, erwiderte

Eli und nahm die große Tasche. Er verlängerte kurz den Henkel, sodass er sich die Tasche quer umhängen konnte, und wandte sich zu Laura um.

»So, wir sind startklar, würde ich sagen.« Eli schaute sie mit diesem Lächeln an, das Lauras Herz immer zum Dahinschmelzen brachte. Wusste er, dass er diese Wirkung auf sie hatte?

Laura sah ihn glücklich an und so machten sie sich auf nach Ca'Sogno und nahmen dort ein Vaporetto nach Venedig. Laura wollte sich während der Fahrt nicht hinsetzen. Begeistert blieb sie, als das Schiff losfuhr, an dem Bereich stehen, wo ihr noch keine Fenster die Sicht versperrten. Der Wind, der vom Meer in die Lagune von Venedig blies, fuhr Laura in ihre dunklen, welligen Haare, die sie heute zur Abwechslung offen trug. Eli sah auf seine schöne Begleiterin hinab. Sie sah aus wie ein Engel. Und der fruchtige Duft ihrer langen Haare von Pfirsich und Mango hüllte ihn ein und vernebelte ihm die Sinne. Er wollte sie küssen, jetzt. Nur widerwillig wandte Eli den Blick von Laura ab.

»Jetzt sind wir am Lido, hier halten wir und dann geht es weiter nach Venedig«, erklärte Eli, nicht weil er Laura dies unbedingt sagen wollte, sondern vielmehr, damit ihr nicht auffiel, welche Verlockung sie für ihn darstellte.

»Wie heißen diese Inseln?«, fragte Laura.

»Das ist Le Vignole. Und das ist La Certosa.« Laura schoss vom Boot aus einige Bilder. Vom Wasser her war es kühl und sie war froh, dass sie ein langärmliges Sweatshirt trug.

»Ist dir kalt, sollen wir reingehen?«, fragte Eli sie.

»Nein, ich finde es großartig, auf einem Vaporetto zu sein. Ich hätte nie gedacht, dass es so schön ist, mit dem Boot zu fahren.« Eli hatte sich trotzdem näher zu ihr gestellt und sie genoss es und rückte ebenfalls näher zu ihm auf. Fischerkutter und mondäne Motoryachten überholten das Vaporetto, das nun in einen breiten Kanal einfuhr.

»Rechts siehst du jetzt schon Venedig«, begann Eli »Und links von uns ist San Giorgio Maggiore.«

»Oh, Giorgio hieß mein Exfreund«, erwiderte Laura.

»Das klingt ja nicht gerade begeistert«, entfuhr es Eli. Von Giorgio hatte Laura bisher nicht erzählt.

»Ich bin auch froh, dass ich ihn los bin. Was ist das für ein Kuppelbau da an der Ecke?«, fragte Laura stattdessen und deutete in Richtung des Canal Grande auf die Basilika auf der linken Seite. Über Giorgio wollte sie nun wirklich nicht reden. Mit Eli war es ganz anders.

»Das ist die Basilica di Santa Maria della Salute«, erwiderte Eli, doch er hätte gerne noch mehr von Laura erfahren. Nicht mehr von Giorgio, mehr, wieso es zwischen ihnen nicht funktioniert hatte. Doch nachfragen wollte er nun auch nicht. Als das Vaporetto an der schwimmenden Haltestelle anlegte, stiegen sie mit allen Touristen aus, die, seit sie Venedig erreicht hatten, ebenfalls aufgestanden waren und erste Fotos von der Stadt gemacht hatten.

»Wenn wir jetzt nach links gehen und den Touristenströmen folgen, kommen wir zur Piazza San Marco und zum Campanile.«

Laura sah den Touristen nach, die zielstrebig in die angewiesene Richtung eilten. »Ich würde gerne die nicht so überlaufenen Orte von Venedig kennenlernen«, überlegte sie laut.

»Dann würde ich vorschlagen, wir folgen dem ersten Gässchen einfach mal nach rechts, ins Innere von Venedig. Wäre ich jetzt Carlo, könnte ich dir eine richtig gute Stadtführung geben.«

»Ich finde deinen Bruder sehr sympathisch, aber ich würde mit keinem lieber hier sein als mit dir«, sagte Laura ernst und legte eine Hand auf seine Schulter. Eli lächelte sie glücklich an und Laura verlor sich in seinen blauen Augen.

Bei der Calle de le Rasse bogen sie nach rechts ab. Sie gingen durch die engen Gässchen und Laura war erstaunt, wie stark Venedig sich auf den Tourismus eingestellt hatte. Es gab kleine Modelle vom Campanile, Kühlschrankmagneten, abertausende Masken in jeder Preisklasse, in nahezu allen Gässchen gab es Glaskunst aus Murano, ebenfalls in verschiedenen Preiskategorien. Laura fand immer wieder zauberhafte Motive zum Fotografieren.

Die Sonne sandte ihre Strahlen auf das grünblaue Wasser in den Kanälen. Dadurch wirkten diese wie mit glitzernden Diamanten besetzt. Kleine, steinerne Brücken mit schmiedeeisernen Geländern führten über die schmalen Wasserstraßen. Gondoliere lenkten ihre Gondeln wie magisch nur durch wenige Bewegungen des Riemens. Hin und wieder küsste sich ein verliebtes Pärchen, das in einer der Gondeln saß.

»Ich glaube, bei einer Gondelfahrt haben sich Susann und mein Bruder schlussendlich ineinander verliebt.«

»Das ist auch nicht schwer vorstellbar, es wirkt wirklich sehr romantisch.«

Sie waren über den Ponte di Rialto gegangen und standen nun am Rand eines Marktes direkt am Canal Grande.

»Von diesem Ausblick werde ich auch noch ein Foto machen.«

Laura nahm die Kamera von Eli entgegen. Eli war sehr geduldig. Es störte ihn überhaupt nicht, wenn Laura ihn bat, zu warten oder ihre Ausrüstung zu halten.

»Du eignest dich sehr gut als Assistent. Vielleicht versuche ich dich für unsere Firma anzuwerben.«

»Wenn ich dann immer bei dir sein kann, habe ich nichts dagegen«, entgegnete Eli und sah ihr in die Augen. Laura hatte das Gefühl zu schweben. Sie fühlte sich im Augenblick vollkommen beschwingt. Konnte es noch perfekter werden als in diesem Moment?

»Immer wenn ich ein schönes Motiv sehe und es fotografiert habe, dann stelle ich mir vor, dass es jetzt irgendwie für die Ewigkeit existiert. Als hätte man die Zeit irgendwie ausgehebelt, zumindest für diesen einen winzigen Moment. Manchmal, wenn ich Bilder von meinen Eltern sehe, bei ihrer Hochzeit, dann denke ich, in einer anderen Zeit, in einem anderen Universum, da gibt es auch diesen Moment, und ab da ging das Leben dann anders weiter. Nicht besser oder schlechter, einfach anders. Ich weiß, das klingt dämlich, aber irgendwie macht mich dieser Gedanke immer glücklich. Ich stelle mir vor, dass nichts vorherbestimmt ist. An jedem Punkt lassen sich Dinge beeinflussen.«

Eli hatte ihr aufmerksam zugehört. »Diese Vorstellung ist wirklich schön. In einem anderen Universum bin ich dann also jetzt noch Motorradfahrer bei der MotoGP?«

Laura biss sich auf die Lippen, sie hatte Eli nicht frustrieren wollen. »Ja, aber ...«, begann sie.

»Aber dann hätten wir uns nie kennengelernt, und das wäre wirklich schade gewesen!« Eli gab Laura einen flüchtigen Kuss auf die Wange. Sie spürte seinen Atem an ihrer Wange, seinen Bart, und die Berührung seiner Lippen auf ihrer Haut sandte ihr ein berauschendes Prickeln durch den ganzen Körper.

»Wolltest du nicht ein Foto machen?«, fragte Eli sie leise.

Klick, dachte sich Laura, diesen Augenblick habe ich eben eingefroren und abgespeichert mit allen Gefühlen und Empfindungen.

»Du hast recht, bevor die nächste Touristengruppe kommt.«

Sie gingen die kleinen engen Gässchen entlang, kamen auf verschiedene kleine und große Plätze, wo an Marktständen weitere kitschige Nutzlosigkeiten angeboten wurden. Schließlich kauften sie sich einen Faltplan, als sie beschlossen, dass es an der Zeit war zurückzugehen. Die Piazza San Marco und den Campanile wollte Laura schließlich auf jeden Fall sehen. Eli sah konfus auf den Stadtplan und dann auf die kleinen Gässchen, die eben von dem Platz abbogen, wo sie sich befanden.

»Ich komme mir eben selbst gerade wie ein Tourist vor. Wo soll es denn hier weitergehen?«

»Zeig mal her«, sagte Laura und stellte sich neben ihn. »Wir müssen die Zweite von links rein, hier Calle Donna, damit wir dann bei Calle Larga Foscari rauskommen, und dann Richtung Ponte dell'Accademia. Sonst kommen wir ja über den Canal Grande nicht mehr hinüber.«

»Bist du dir sicher?«, fragte Eli skeptisch.

»Wenn wir mal auf eine Rennstrecke kommen, dann gehst du vor, aber ich bin im Kartenlesen ganz gut, da kannst du mir vertrauen, Eli.«

Sie nahm seine Hand und das fühlte sich definitiv herrlich an, da vergaß er auch gerne seinen Stolz, dass er sich auf der Karte nicht zurechtfand.

»Auf einer Rennstrecke gibt's nichts zu finden, möglichst schnell der Straße nach, mehr musste man nicht beachten.«

Als sie schließlich auf der Piazza San Marco angekommen waren, stand die Sonne bereits recht tief. Es wurde kühler. Laura fotografierte mit verschiedenen Objektiven die Piazza und den Campanile.

»Ich wollte eigentlich noch zu der Basilica mit dem Kuppeldach am Eingang des Canal Grande und nach

Murano, um die Glasarbeiten anzusehen, aber danach können wir gerne wieder zum Resort zurück. Irgendwie ist der Tag hier sehr schnell vergangen.«

»Finde ich auch, aber wir können ja noch einmal herkommen, dann sehen wir uns San Michele, die Friedhofsinsel und Burano an.«

»Ich würde sehr gerne noch einmal wiederkommen ... mit dir.«

Sie überquerten den Canal Grande mit dem Vaporetto und standen schließlich vor der Basilica di Santa Maria della Salute.

»Wären wir jetzt am 21. November und in den Tagen danach hier, hätten wir gar kein Vaporetto gebraucht«, erwiderte Eli.

»Wieso?«, fragte Laura verwundert.

»Am 21. November findet jedes Jahr die Festa della Madonna della Salute statt, als Erinnerung an die Pestwellen, die im 17. Jahrhundert in Venedig grassierten. Anlässlich dieses Festes wird eine Holzbrücke, der Ponte della Salute, über den Canal Grande errichtet. Eine Prozession, die von der Kirche Santa Maria del Giglio kommt, geht dann über diese Brücke zur Basilica.«

»Und diese Brücke gibt es dann demzufolge nur einmal im Jahr?«

»Genau. Nach den Erinnerungsfeierlichkeiten am 21. November wird sie wieder abgebaut.«

Die Basilica di Santa Maria della Salute war imposant. Der graue Stein und der weiße Putz hoben sich so atemberaubend von dem durchdringenden Blau des Himmels ab. Treppen führten nach oben und im Inneren erwartete sie ein beeindruckender Marmorfußboden mit aufwendigen Einlegearbeiten.

Nach der Basilika machten sie sich auf nach Murano.

Mit einem Vaporetto fuhren sie auf die Insel der Glasbläser und bummelten durch die einzelnen kleinen Straßen. Es gab so viele Schaufenster mit noch mehr Glaskunst, als Laura sich je vorgestellt hatte. Eigentlich wollte Laura für ihre Mutter ein schönes Mitbringsel kaufen, doch anhand der Fülle fiel es ihr schwer, sich für ein Objekt zu entscheiden. Schließlich entschied sie sich, mit Elis Hilfe, für ein paar blaue Ohrringe. Sie schlenderten nebeneinander her und schauten hin und wieder in die Schaufenster der Läden.

»Viel weiß ich von deiner Familie noch nicht, außer dass deine Mutter Ohrringe trägt und dein Bruder im Rollstuhl sitzt.«

»Na dann, das können wir schnell ändern, wobei es nicht viel zu wissen gibt. Mein Vater ist Sizilianer, meine Mutter kommt ursprünglich aus einem kleinen Dorf in der Nähe von Bozen. Sie haben sich in einem Café, in dem meine Mutter als Kellnerin gearbeitet hat, kennengelernt. Mein Vater ist aber nicht lange geblieben. Kurz nach meinem neunten Geburtstag hat er uns verlassen. Soviel ich weiß, lebt er jetzt in den USA und ist ein erfolgreicher Pokerspieler.«

Eli sah Laura verblüfft an. Sie sagte es so neutral, als würde sie ihm verraten, welche Fächer ihr in der Schule am meisten Spaß gemacht hatten und welche nicht.

»Hat dein Vater denn schon Poker gespielt, als er noch mit deiner Mutter verheiratet war?«, fragte er.

»Ja, und ich glaube, das war auch einer der Trennungsgründe. Meine Mutter hat diese Unsicherheit nicht ausgehalten. Mein Vater war schon immer sehr risikofreudig und hat sich wenig aus den Menschen in seiner Umgebung gemacht. Mal hat er gewonnen, dann wieder alles verloren, um es dann wieder zu gewinnen. Mamma wurde fast wahnsinnig mit ihm. Aber jetzt ist er, glaube ich, sehr erfolgreich, wir haben jedenfalls nichts mehr von ihm gehört.«

»Das muss schlimm für dich gewesen sein, als er gegangen ist!«, erwiderte Eli und legte ihr beschützend einen Arm um die Schultern. Laura genoss die Berührung und schloss kurz die Augen.

»Eigentlich nicht.« Sie lachte kurz sarkastisch auf. »Ich sah es als Antrieb. Sobald ich in der Lage wäre, meiner Familie zu helfen, sie zu unterstützen, wollte ich das tun. Ich habe gelernt, damit ich einen guten Schulabschluss bekam. Neben der Uni habe ich gejobbt und versucht, weiterhin gute Noten zu haben. Die Familie, meine Mutter und Stefano waren mein größter Ansporn. Alles, was ich erreicht habe, habe ich für sie geschafft und ohne sie wäre ich nicht dort, wo ich jetzt bin.«

Eli sah Laura anerkennend an. Sie wirkte so stark, so ausdauernd, dabei aber nicht so verbissen wie andere Karrierefrauen, die Eli kennengelernt hatte. Noch nie hatte eine Frau Eli so überrascht und so beeindruckt.

»Und was willst du?«, fragte Eli sie, als Laura einige Zeit geschwiegen hatte.

»Wie meinst du das?«, fragte Laura verblüfft.

»Ich verstehe jetzt, warum du im Marketing arbeitest und warum du so erpicht darauf bist, eine gute Arbeit zu leisten. Aber was sind deine Träume? Die hast du doch sicher auch, jeder Mensch hat einen Traum.«

»Da wären wir bei meinem zweiten Geheimnis, Eli, neben meiner Sammelleidenschaft für Schuhe. Aber ich verrate es dir natürlich. Das hier«, Laura zeigte auf ihre Kamera in der Tasche, »ist mein großer Traum. Fotografin zu sein und davon leben zu können. Kalender oder vielleicht Bildbände mit meinen Landschaftsaufnahmen zu veröffentlichen, das wäre mein Traum.«

»Das muss ja nicht immer nur ein Traum bleiben, oder? Ich meine, hast du in deiner jetzigen Firma nicht die Möglichkeit, das Ganze auch umzusetzen?«

Laura seufzte. »Im Prinzip hast du recht. Mein Chef würde mich absolut dabei unterstützen, auch wenn ich mich selbstständig machen möchte. Er ist wie ein Vater für mich, aber ich traue mich einfach nicht. Als Fotografin ist es nicht sicher, ob ich erfolgreich bin, und in meinem jetzigen Job verdiene ich ein festes Gehalt und kann damit auch meine Familie unterstützen, und das ist mir, wie du ja jetzt weißt, sehr wichtig.«

Laura hatte noch nie mit einem Mann so locker über ihre Familie gesprochen, auch von ihrem Traum wussten bis jetzt nur ihre Mutter und Stefano. Doch Laura hatte beschlossen, Eli zu vertrauen. Sie hatte sich verliebt, und wenn auch nur ein kleiner Hoffnungsschimmer bestand, dass sie zusammenkommen konnten, dann mussten sie ehrlich zueinander sein.

»Eli, fühlst du dich eigentlich mehr als Engländer oder als Italiener?«, fragte Laura, als sie sich zusammen zur Haltestelle aufmachten, um von dort mit dem Vaporetto nach Hause zu fahren. Diese Frage hatte ihr schon lange auf der Zunge gelegen.

»Hm, das ist eine gute Frage«, erwiderte Eli und musterte seine Umgebung, als würde dort die Antwort auf Lauras Frage stehen. »Vor dem Unfall hätte ich dir die Antwort darauf sofort geben können. England, aber vor allem London war mein zu Hause. Ich hätte mir nie vorstellen können, längere Zeit woanders zu leben. Klar, für die Rennen war ich natürlich oft im Ausland, aber nie dauerhaft an einem Ort. In Heathrow anzukommen, das war für mich immer das Gefühl, nach Hause zu kommen. Aber seitdem ich hier wohne ...« Eli hielt kurz inne. Sie stiegen in das Vaporetto und setzten sich ins Innere auf zwei Bänke, die sich gegenüberstanden. Es waren nicht viele Leute an Bord. Laura sah Eli an. Er schaute gedankenverloren aufs Wasser, das gegen den Bug schlug. »Ich glaube, seit dem Unfall habe ich dieses Gefühl verloren, mich irgendwo zu Hause zu fühlen, aber wenn ich sagen müsste, was ich bei dem Wort *Heimat* sehe, dann ist es das Resort hier. Der Strand und das Meer, das bedeutet mir viel.« Eli sah weiter durch die mit Wassertropfen besprenkelten Scheiben hinaus. »Meine kleine Schwester Katie konnte sich schon immer sowohl als Engländerin als auch als Italienerin definieren. Sie vereint beides und für sie stellt es auch keinen Widerspruch dar. Ich wollte mich früher immer stärker von dem italienischen Teil meiner Verwandtschaft abgrenzen, dass wollte Katie nie.«

»Warum war es für dich so wichtig, dich abzugrenzen?«, fragte Laura verdutzt. Eli sah Laura etwas niedergeschlagen an. »Oh, das betrifft wohl wieder das Tabuthema Motorrad und den Unfall. Verzeihung, du musst nicht antworten.«

»Du hattest mir vorhin ja auch von deiner Leidenschaft erzählt, dass du gerne als Fotografin arbeiten würdest«, sagte Eli, »da kann ich dir auch etwas mehr von dem Unfall erzählen.«

»Musst du aber nicht, wenn es dich belastet. Ich wollte es dir vorhin einfach erzählen. Das bedeutet nicht, dass du jetzt von dem Unfall sprechen musst.« Laura sah auf ihre Schuhe.

Eli strich Laura wie zufällig über die Hand. Seine Berührung war so sanft und liebevoll, dass es Laura das Herz zusammenzog.

»Die Beziehung zu meinem Vater und zu Carlo ist ja nicht gerade die beste, wie du schon mitbekommen hast.

Aber wenn ich dir das alles erzähle, dann fange ich am besten beim Anfang an.« Eli spürte seltsamerweise, wie es ihm etwas mulmig wurde bei der Vorstellung, Laura alles zu erzählen, doch irgendwann musste er das Risiko eingehen.

»Es war letztes Jahr Anfang Juli bei einem Rennen im Silverstone. Das ist eine Rennstrecke in England. Ich war auf Platz vier oder fünf, ich weiß es gar nicht mehr genau, aber ich wollte bei diesem Rennen mindestens unter die besten drei kommen. In der fünften Runde bin ich in einer Kurve gestürzt. Nichts Spektakuläres eigentlich. Ich habe mir das rechte Schlüsselbein gebrochen, aber sonst war alles in Ordnung.«

Laura sah ihn bestürzt an, doch sie fasste sich rasch wieder.

»Es war klar, dass ich nicht mehr sofort weiterfahren konnte. Ich bin aufgestanden und ich war in Gedanken oder was weiß ich, auf jeden Fall habe ich meinen Kinnriemen aufgemacht. Dann ging alles sehr schnell. Mein Teamkollege, er war weiter hinten im Feld, stürzte ebenfalls, es war noch vor der Kurve, und ich kann mich nur noch erinnern, wie seine Maschine direkt auf mich zuflog. Und das Nächste, was ich dann sah, waren die Ärzte und meine Familie im Krankenhaus drei Monate später. Es war ein Schock für mich, als ich begriff, dass ich drei Monate im Koma gelegen hatte. Ich konnte mich an den Unfall fast gar nicht erinnern. Ich wusste, dass etwas passiert war, doch ich wusste nicht mehr, wo und was genau.«

Eli erinnerte sich an die Gefühle, die ihn damals ausgefüllt hatten, als er aufgewacht war. Er war orientierungslos gewesen. Er hatte Panik gehabt zu ersticken. Hatte immer wieder das Gefühl gehabt, dass sein Körper verbrannte. Als die Welt um ihn schwarz geworden war,

war es mitten im Sommer gewesen, und plötzlich wachte er im Herbst auf.

»Die Erinnerungen kamen erst in den kommenden Wochen und Monaten zurück. Carlo hat mir erzählt, was passiert war. Das Motorrad meines Teamkollegen hatte mich wohl frontal erwischt. Bei beiden Beinen habe ich offene Unterschenkelfrakturen davongetragen, als ich von dem Motorrad umgerissen wurde. Die Maschine hat mich unter anderem auch am Kopf getroffen. Weil ich den Kinnriemen aufgemacht hatte, wurde mir der Helm dabei vom Kopf gerissen, und so kam es dann zu dem schweren Schädel-Hirn-Trauma. Ich hatte noch Prellungen an den Armen, aber in den drei Monaten Koma habe ich die verschlafen.«

Eli sah auf seine Hände. Laura sah ihn aufmerksam an und Eli war unendlich dankbar, dass sie ihn keineswegs mit einem mitleidigen Blick musterte.

»Du kannst stolz auf dich sein, Eli«, sagte sie plötzlich und nahm seine Hand.

»Warum?«

»Jetzt sitzt du heute hier und kannst darüber sprechen, ich finde, das ist schon etwas. Du hättest dich auch in deine Wohnung zurückziehen können.«

»Das war ich nicht alleine, das kannst du mir glauben. Carlo war fast jede Minute, in der ich im Koma gelegen habe, an meiner Seite. Er hatte seine Promotion abgeschlossen und wollte eigentlich hier das Resort offiziell von Edmondo übernehmen, und dann hatte ich diesen Unfall. Meine Mutter hat Carlo angerufen, sie und Edmondo sprechen sich nur noch sehr selten, aber zu Carlo und Evelina hat sie noch ein ganz gutes Verhältnis. Sie hat ihnen damals von dem Unfall erzählt. Carlo sprach mit unserem Vater und setzte sich zusammen mit Michela und Evelina in den nächsten Flieger. Evelina, Katie und meine Mutter waren jede freie Minute bei mir im Krankenhaus. Sie haben mir Musik vorgespielt, mir vorgelesen und mit mir gesprochen. Aber sie haben alle eine Arbeit, und so lange konnten sie sich auch nicht freinehmen. Meine Mum hat in der Zeit Teilzeit gearbeitet, Katie hat fast jede Nacht auf dem Besucherstuhl neben meinem Bett geschlafen, obwohl die Schwestern sie immer unwirsch aufgefordert haben zu gehen. Evelina flog fast jeden Freitagnachmittag nach England und am Sonntagabend zurück, obwohl sie panische Angst vorm Fliegen hat. Manchmal hat Edmondo sie begleitet. Seine erste Frau ist bei einem Flugzeugabsturz ums Leben gekommen, eigentlich steigen Edmondo und Evelina in kein Flugzeug. Aber für mich – das war es ihnen wohl wert. Und Carlo ... er blieb die ganze Zeit da. Er hat alles geregelt.«

Eli dachte daran, wie er das erste Mal in seine Wohnung zurückgekehrt war, sieben Monate nach dem Unfall, nach der Physiotherapie. Carlo hatte die Post beantwortet, Rechnungen bezahlt, Elis Freunde angerufen, E-Mails geschrieben, die vielen Gespräche mit den Managern und Sponsoren geführt.

»Hattest du eigentlich nie Angst, dass dir so etwas passieren könnte? Ich muss zugeben, ich habe letztens erst ein Rennen von dir gesehen, und das sieht so gefährlich aus.«

»Bis zu meinem Unfall nicht. Ich hatte auch davor selten Zweifel oder Bedenken.« Eli sah wieder hinaus. Der Himmel hatte sich etwas zugezogen und die Wellen schlugen leicht an die Schiffseite. »Das klingt jetzt wahrscheinlich wahnsinnig arrogant, aber so war es. Wenn du einfach so überzeugt von dir bist, dass du denkst, du könntest alles schaffen, dann hat Unsicherheit keinen Platz. Das war auch so, als ich mit dem Motorradfahren angefangen habe. Ich war ja noch ein Kind, aber ich wollte es unbedingt machen, also habe ich es angefangen. Mein Vater hatte wohl zu der Zeit ein schlechtes Gewissen, er hat mich jedenfalls mit sehr viel Geld dabei unterstützt.«

»Ist es denn ein teurer Sport?«

»Das darfst du annehmen, zumindest wenn du am Anfang alles selbst finanzieren musst. Wenn du dann Sponsoren hast, ab da wird alles anders, auch der Druck steigt natürlich. Aber das hat mir nichts ausgemacht, so aufgeblasen wie ich war.«

»Aber es ist doch schön zu wissen, dass dich dein Vater unterstützt hat.«

»Ja, aber auf einer Familienfeier habe ich ihm einmal alles per Scheck zurückbezahlt.«

»Oh, das muss furchtbar für ihn gewesen sein«, bemerkte Laura.

Eli sah sie überrascht an. »Warum sagst du das?«

»Ich bin mir sicher, dass er dir sehr gerne geholfen hat, und als du ihm alles zurückgezahlt hast, das war ihm sicher nicht recht. Du bist schließlich sein Sohn und er liebt dich. Dass er dich unterstützt, ist für ihn sicher eine Selbstverständlichkeit.«

Eli seufzte. »Carlo hat mir fast dasselbe gesagt. Ihr habt beide recht. Aber ich war zu der Zeit ein ziemlicher Idiot und kam mir wahnsinnig überlegen vor. Ich war 25 und es war die Zeit, in der einfach alles lief. Du musst dir das vorstellen, ich war unter den fünf besten Fahrern, habe Werbung für Duschgel und Mineralwasser gemacht und ich kam mir so großartig vor. Die Wohnung in London habe ich mir zu der Zeit gekauft, meiner Mutter habe ich auch eine Wohnung am Stadtrand gekauft mit einem kleinen Garten. Katie habe ich ein neues Auto gekauft. Und dann war das Familienfest und ich kreuzte da auf und kam mir vor wie ein Geschenk Gottes an die Menschheit und legte meinem Vater den Scheck hin. Damals habe ich mich ganz im Recht gefühlt.«

Eli konnte sich noch gut an diesen Tag erinnern. Fast die ganze Familie Liccardi war versammelt gewesen. Er hatte seinem Vater den Scheck fast wie nebenbei auf den Tisch gelegt und gesagt: »Das ist das, was ich dir schulde, Edmondo. Ich habe noch ein paar Tausend draufgelegt, quasi die Zinsen.« Wie sein Vater blass geworden war. Wie er ihn angesehen hatte. Mit einem so verletzten und traurigen Gesichtsausdruck. Und das war dann auch der Abend gewesen, an dem er seinen Streit mit Carlo gehabt hatte, und danach sprachen sie über zwei Jahre nicht mehr miteinander. Was sie sich alles an den Kopf geworfen hatten! Eli schloss bei der Erinnerung an diese Auseinandersetzung kurz die Augen.

»Alles in Ordnung?«, fragte Laura und legte Eli ihre Hand auf die Schulter.

»Ja, ja, alles gut.«

Von seinem Streit, den er mit Carlo gehabt hatte, wollte Eli Laura heute nicht erzählen. Aber alles andere, wie es zu dem Unfall gekommen war, wie er sich gefühlt hatte danach, seine Ängste, das wollte er Laura nun anvertrauen. Die Stunden, die sie gemeinsam in Venedig verbracht hatten, zwischen all den Touristen, hatten Eli bewusst gemacht, wie sehr er es genoss, in Lauras Nähe zu sein. Laura verdiente es, alles zu wissen, sie verdiente die Wahrheit.

»Irgendwie hoffst du drauf, dass die Welt dir Zeit gibt, dass du dich mit der neuen Situation zurechtfindest, doch das tut sie nicht. Ich kann mich nur daran erinnern, dass ich eines Morgens den Radio angemacht habe und ein Lied kam, das ich noch nie gehört hatte, von einem Sänger, der mir gänzlich unbekannt war, und der Moderator sprach dann davon, dass es schon das zweite Lied in diesem Jahr war, dass es von diesem so beliebten und überall auf der Welt bekannten Sänger rausgebracht wurde, und ich dachte mir nur, tja, das hast du wohl nicht mitbekommen. Aber es blieb im Endeffekt nicht das Einzige, sondern es kamen immer mehr Dinge dazu.«

Eli lachte traurig auf, als er sich an das Gefühl erinnerte, als er das erste Mal ohne Carlo in seiner Wohnung gewesen war. Carlo war nur kurz zum Einkaufen in den nächsten Supermarkt gegangen. Die Wohnung war ihm so fremd vorgekommen. Eli hatte solche Panik gehabt, dass Carlo nicht mehr kommen würde, und steigerte sich in diese Angst so hinein, dass er schließlich Carlo auf dem Handy angerufen hatte. Der hatte dann mit ihm die ganze Zeit telefoniert, bis er wieder zurück war.

»Ich hatte am Anfang sehr große Probleme, alleine zu sein, irgendwann ging es aber wieder und ich konnte zumindest in meiner Wohnung alleine bleiben, aber ich habe mich einfach nicht mehr wohlgefühlt. Ich bekam Panikattacken in der U-Bahn, wegen der vielen Menschen, die Lautstärke überall in der Stadt hat mich aufgeregt. Deswegen bin ich schließlich zu meiner Mutter gezogen, aber auch dort habe ich mich nicht wirklich wohlgefühlt, daher bin ich dann bald darauf nach Italien geflogen. Carlo, Evelina, Michela und sogar Renato haben davor lange auf mich eingeredet, und schließlich kam auch mein Vater.« Eli konnte sich noch gut an den Gesichtsausdruck seiner Mutter erinnern, als Edmondo plötzlich vor der Tür gestanden hatte.

»Ich freue mich, dass du jetzt eine bessere Beziehung zu

Carlo und deinem Vater hast. Ich denke, es ist schon wichtig, dass man Leute hat, auf die man sich verlassen kann«, meinte Laura und Eli hatte das Gefühl, dass sie verstand, was für eine Änderung das für sein Leben bedeutete.

»Und wen hast du?«, fragte Eli und sah Laura aufmerksam an.

»Ich habe meine Mutter und meinen Bruder, und ob du es glaubst oder nicht, Marcello ist mehr wie ein Vater für mich, als es mein leiblicher Vater jemals war.«

Eli rückte zu Laura und legte seinen Arm um ihre schmalen Schultern. Sie lehnte sich entspannt an ihn und zusammen genossen sie still die Rückfahrt.

»Hast du heute Abend schon etwas vor?«, fragte Eli, als sie wieder im Resort ankamen.

»Nein, du kannst mich also gerne fragen, ob wir uns treffen können«, erwiderte Laura strahlend.

Eli erwiderte das Lächeln. »Hättest du Lust, dass wir zusammen in die Strandbar gehen?«

»Sehr gerne, dann können wir tanzen.« Laura dachte bereits nach, was sie dazu am besten anziehen konnte.

»Ich hole dich dann um acht Uhr ab, *Lovey*«, sagte Eli und verabschiedete sich mit einem Kuss auf die Wange von ihr. Der Moment war viel zu schnell vorbei, doch Laura hatte bereits weiche Knie bekommen, und als sie im Fahrstuhl stand und in den Spiegel sah, strahlte ihr Spiegelbild sie so glücklich an, dass sie sich fast selbst nicht erkannt hätte.

7. Kapitel

Eli zweifelte, ob es eine gute Idee gewesen war. Nicht, Laura zu küssen, das hatte sich definitiv richtig angefühlt, aber mit ihr in eine Bar zu gehen. Sie hoffte, dass er mit ihr tanzen würde, das hatte sie deutlich gesagt. Eli fühlte sich unsicher, daran hatten auch die Biere, die er eben getrunken hatte, nichts ändern können. Als Laura die Zimmertür öffnete, verschlug es Eli gänzlich die Sprache. Sie sah atemberaubend gut aus. Laura trug ein knielanges schwarzes Kleid, das nur einen Träger auf der linken Seite hatte, dazu ebenso schwarze, offene High Heels. Als sie sich umdrehte, um ihre Zimmertür zu schließen, konnte Eli einen Blick auf ihre rechte Schulter und ihren Hals erhaschen. Die Haare hatte sie kunstvoll hochgesteckt, goldene Kreolen funkelten an ihren zierlichen Ohren. Eli konnte nicht umhin, sie während der Fahrt nach unten die ganze Zeit anzuschauen.

»Alles in Ordnung?«, fragte Laura zaghaft.

»Entschuldigung, ich wollte dich nicht anstarren«, erwiderte Eli sofort. »Es ist nur, du siehst großartig aus. Eigentlich sogar mehr als das, Laura.«

Laura strahlte Eli glücklich an und spürte, wie sie rot wurde.

»Danke, du gefällst mir auch sehr gut.«

Die Musik war ziemlich laut und Eli verstand Laura nur noch, wenn ihre Lippen so nah an seinem Ohr waren, dass er ihren warmen Atem an seinem Hals spürte. Ihr Körper war dabei seinem so nahe, dass er gegen sich ankämpfen musste, ihr nicht den Arm um die Hüften zu legen. Eli bestellte zwei Wodka Tropic und Laura ließ sich auf dem Barstuhl neben Eli nieder. Die Stühle waren so nah nebeneinander, dass Eli schließlich doch seinen Arm um Lauras Taille legte. Laura lächelte ihn an und legte ihren Kopf an seine Schulter. Um sich ordentlich zu unterhalten, war es zu laut. So beschränkten sie sich auf wenige Sätze.

»Willst du tanzen?«, hauchte Laura ihm schließlich ins Ohr, als sie beide ausgetrunken hatten.

»Ich kann nicht sehr gut tanzen«, entgegnete er an Laura gewandt.

Laura zuckte die Achseln und stand auf. Sie ging auf die Tanzfläche. Es gab mehrere Frauen, die ohne Partner tanzten, aber für Eli war Laura die Schönste im ganzen Raum. Die hohen schwarzen High Heels, ihre hochgesteckten dunklen Haare, die langen schwarzen Wimpern und das schwarze Kleid, das ihre Figur umspielte. Das Discolicht machte Laura noch anziehender, einmal wurde sie ganz in Rot angestrahlt. Laura biss sich auf die Lippen und winkte Eli zu sich. Der Beat ging Eli durch den ganzen Körper. Er hatte tatsächlich Lust zu tanzen. Verdammt, er liebte diese Frau. Er liebte alles an ihr. Ihre Leidenschaft fürs Fotografieren und sogar diesen seltsamen Sammelwahn für Schuhe. Er mochte ihre Haut, ihre zierlichen Füße und er mochte ihr Lächeln, das ihn immer wieder dazu brachte, dass er das Gefühl hatte, alles würde in Ordnung sein. Das ihm Zuversicht gab. Er liebte das alles und jetzt, genau jetzt, wollte er mit ihr tanzen.

Eben war ein anderer Kerl zu Laura gegangen, er stand vor ihr und schien ebenfalls mit ihr tanzen zu wollen. Eli hatte nur noch einen Blick auf den breiten Rücken dieses Kerls, daher sprang er förmlich von seinem Stuhl und kämpfte sich durch die tanzende Menge.

»Und wo ist er?«, fragte der Kerl eben. Laura sah an dem

Typen vorbei und ihr Blick fiel auf Eli, der sich nun an ihre Seite drängte und besitzergreifend einen Arm um Lauras Hüfte legte.

»Hier. Das ist mein Freund«, entgegnete Laura und legte auch ihren Arm um Eli. Der Typ zuckte die Achseln und machte sich aus dem Staub.

»Hast du gerade gesagt, dass ich dein Freund bin?«, fragte Eli nach. Er beugte sich ganz nah zu Laura hinab, sodass sie ihn verstehen konnte.

»Das kann gut sein, ich wollte mit diesem Typen nicht tanzen. Entweder mit dir oder mit keinem, und man wird so Kerle immer besser los, wenn man vorgibt, vergeben zu sein. Bist du schockiert, mein Freund zu sein?«, fragte Laura mit einem Augenzwinkern.

»Nein, es fühlt sich richtig an.«

»Noch besser fühlt es sich an zu tanzen«, erwiderte Laura und legte ihre Hände um seinen Nacken. Eli legte beide Arme um ihre Hüfte und zog Laura eng an sich. Inzwischen erklang ein anderes Lied aus den Boxen. Es war einer dieser Sommerhits, die im Radio, in den Cafés und überall auf dem Resort oft zu hören waren. Die Melodie war eingängig und Eli genoss das Gefühl, Laura so nah wie nie zuvor zu sein.

Laura empfand es fast schon als ein Zeichen, dass in dem Moment, als sie mit Eli anfing zu tanzen, ihr Lieblingslied gespielt wurde. Dieses Lied lief bei ihr in der Arbeit auf und ab. Hier mit Eli zu tanzen, seine muskulösen Arme um ihren Körper zu spüren, fühlte sich so richtig, so perfekt an. Laura spürte, wie Eli sie noch näher an sich zog. Laura lächelte glücklich und ließ sich von Eli näher zu den Boxen ziehen. Der Beat war deutlich zu spüren. Sie bewegten sich harmonisch zur Musik. Und Laura freute es, dass nicht nur sie es genoss zu tanzen.

»Du Lügner!«, rief Laura Eli schließlich zu. Mit dem Mund war sie nah an seinem Ohr, damit er sie gut hören konnte.

»Wieso bin ich ein Lügner?«, fragte Eli verdutzt nach.

»Du hast gesagt, du kannst nicht so gut tanzen. Das war gelogen.«

Eli lächelte und er beugte sich hinab, als wollte er auch Laura etwas sagen. Stattdessen jedoch gab er ihr einen Kuss auf die Wange. Laura sah ihn kurz überrascht an. Eli biss sich kurz auf die Lippen. Sogar das sieht bei ihm sexy aus, dachte sich Laura.

»War das als Entschuldigung, dass du mich vorhin hast alleine tanzen lassen?«, fragte Laura kokett nach.

»Würdest du diese Entschuldigung denn akzeptieren?«, hauchte ihr Eli ins Ohr. Sie konnte seinen Dreitagebart an ihrer Wange spüren.

»Vielleicht als kleine Anzahlung. Aber da müsste schon noch mehr kommen.«

Eli lächelte und zog Laura enger an sich. Eine Hand hatte er an ihre Wange gelegt, mit der anderen umfasste er ihre Taille, und dann küsste Eli sie. Laura hatte sich die letzten Tage so sehr nach Elis Kuss gesehnt, dass sie sich innerlich eine Närrin genannt hatte. Du meinst nur, es zu wollen, hatte sie sich gesagt. Du benimmst dich wie ein verliebter Teenager. Doch das Gefühl, das Laura jetzt bei diesem Kuss durchströmte, war mehr als eine jugendliche Schwärmerei, das war Liebe. Sie hatte das Gefühl, dass sie nicht mehr atmen konnte, doch es war ihr egal, denn Elis Lippen auf ihren zu spüren, zu fühlen, wie der Kuss immer intensiver wurde, dieses Gefühl der Vollkommenheit füllte sie gänzlich aus und ließ die Musik, die anderen Leute und alles um sie herum zurück.

Susann und Carlo standen eben auf. Evelina saß mit einer Freundin noch an einem der Tische.

»Geht ihr schon!?«, rief sie gegen die Musik an.

»Ja, wir müssen morgen früh raus.«

Carlo und Susann gingen entlang der Tanzfläche zum Ausgang.

»Na endlich!«, rief Susann plötzlich glücklich aus.

»Was?!«, fragte Carlo zurück. Susann zeigte auf ein Pärchen in der Nähe der Boxen. Carlo hätte die zwei wegen des wechselnden Lichts beinahe nicht erkannt. Dann schließlich trennte sich das Pärchen voneinander und sah sich fast schon überrascht, aber überglücklich an. Da erkannte Carlo Eli und Laura. Eli zog Laura in eine weitere Umarmung und die zwei bewegten sich ausgelassen zur Musik. Sie bemerkten Carlo und Susann nicht, denn sie hatten nur Augen für sich, das war offensichtlich.

Als Carlo und Susann die Bar verließen, wehte ein frischer Wind vom Meer. Carlo legte Susann wie selbstverständlich seine Jacke um die Schultern, und so gingen sie von der Strandbar in Richtung Mall und von dort aus in ihre Villa gegenüber der Einfahrt des Campingplatzes.

»Wieso bist du so still?«, fragte Susann, als sie mehrere Minuten schweigend nebeneinander hergegangen waren. »Freust du dich nicht für Eli?«

»Doch, ich kann dir gar nicht sagen, wie glücklich ich wäre, wenn er mit Laura zusammenkommen würde. Aber ...« Carlo stockte. Er suchte nach den richtigen Worten. Susann ließ ihm die Zeit.

»Als Chelsea Eli verlassen hat, ich bekomme das nicht aus meinem Kopf. Wie fertig Eli war. Versteh mich nicht falsch, Laura ist nicht wie Chelsea, das weiß ich, aber ich mache mir trotzdem Sorgen. Ich will ihn einfach davor bewahren, noch einmal so verletzt zu werden. Das ist

Blödsinn, ich weiß, er ist erwachsen und muss seine eigenen Entscheidungen treffen.«

»Ich finde es lieb von dir, dass du dich so um Eli sorgst, aber gib ihm wirklich die Möglichkeit, eigene Entscheidungen zu treffen.«

»Keine Sorge, das mache ich schon.« Carlo zog Susann nah zu sich heran. Er gönnte seinem Bruder ebenfalls das Glück, eine so großartige Partnerin zu finden, wie er selbst sie in Susann gefunden hatte.

Eli sah so sorglos aus. So hatte Laura ihn die ganze Zeit noch nie gesehen. Er lächelte sie glücklich an und Laura wagte es gar nicht mehr zu blinzeln, denn sie wollte jeden Augenblick, jede Millisekunde mit diesem Mann genießen. Eli sang das Lied mit, das gerade lief. Laura kannte das Lied, war sich aber nicht sicher, von wem es war. Aber es passte gut zu Eli. Es kam darin mehrmals das Wort *hide* vor, was so viel wie *verstecken* hieß, und genau diesen Eindruck hatte Laura auch: Eli schien sich vor der ganzen Welt verstecken zu wollen. Doch so wie er jetzt war, wie er sie ansah, war sie sich sicher – er erwiderte ihre Gefühle! Laura wollte nicht daran glauben. Konnte es tatsächlich wahr sein, dass dieser Mann, in den sie sich in der kurzen Zeit nun verliebt hatte, ihre Gefühle ebenso erwiderte?

Es war kurz nach Mitternacht, als Laura und Eli aus der Bar kamen. »Gehen wir heim, oder?«, fragte Eli Laura und zog sie eng an sich. Laura nickte nur, sie war so glücklich, dass sie nicht wusste, was sie sagen sollte. Eng umschlungen gingen sie zu Elis Bungalow. Es wehte vom Meer her ein kühler Wind, und da sie beide keine Jacken dabeihatten, beeilten sie sich.

Als sie beim Bungalow waren, sah sich Laura interessiert um. Hier wohnte Eli also. Sie stand im Wohnzimmer, von dort führte eine Tür zu der kleinen Küche. An das Wohnzimmer schloss sich ein kleiner Flur an, von dem aus das Schlafzimmer und das Badezimmer zu erreichen waren. Das Wohnzimmer wurde dominiert von einer dunklen Couch und einem großen Flachbildfernseher. In den Regalen neben dem Fernseher standen Pokale und Bilder von Motorrädern. Überraschenderweise sah Laura den einen oder anderen Roman im Regal stehen. Über der Couch an der Wand hingen einige Trophäen-Teller. Laura sah sich schweigend um und fing Elis Blick auf.

»Bitte sag nichts, ich weiß, das kommt total arrogant rüber, dieses Zeug aufzuhängen und in die Regale zu stellen, aber ich hab es einfach noch nicht über mich gebracht, das alles wegzuräumen. Irgendwie fühlt es sich dann an, als hätte ich versagt und als hätte es diese Erfolge gar nicht gegeben.« Eli ging zu einem Bild, das ihn auf einem Motorrad zeigte, und drehte es um. »Aber ich weiß, es ist etwas albern und unerwachsen.«

Laura lächelte und nahm den Rahmen mit dem Bild in die Hand. »Ist schon in Ordnung, lass es doch stehen. Wenn du es jetzt noch nicht wegräumen kannst, dann ist vielleicht auch nicht die richtige Zeit dafür. Und du kannst ja auch stolz auf das sein, was du erreicht hast.«

Laura stellte das Bild zurück und ging in Elis Schlafzimmer. Eli folgte Laura und küsste sie direkt unter ihr rechtes Ohr. Er legte ihr die Arme um den schmalen Körper und Laura genoss die Berührung.

Sie drehte sich zu Eli um und schubste ihn zum Spaß und er ließ sich aufs Bett fallen. Eli lachte und hielt entwaffnend seine Arme nach oben.

»In Ordnung, *Lovey*, du hast gewonnen«, erwiderte Eli, legte den Kopf leicht schief und sah zu ihr hoch. Hätte Laura noch irgendwelche Zweifel gehabt, sie hätte sich in diesem Moment in Eli verliebt. Eli setzte sich auf und hielt ihr die Hand hin. Laura gab ihm ihre Hand und setzte sich neben ihm aufs Bett. Ohne weitere Aufforderung zog Laura ihre Schuhe aus und legte sich hin. Eli legte sich neben sie und schaute sie von der Seite an.

»Was denkst du gerade?«, fragte Eli, als Laura plötzlich lächelte.

»Ich habe mir eben gedacht, dass du ein sehr bequemes Bett hast, mehr nicht.«

Und dann gab es für sie beide kein Halten mehr. Lauras Kleid fiel zu Boden, Elis Hemd und Hosen folgten.

Laura fuhr mit ihrer Zunge die Linien von Elis Tattoo nach. Sie spürte, dass es ihn erregte, vor allem als ihre Zunge seine rechte Brustwarze erreichte. Sie ließ sich Zeit und erkundete jeden Millimeter.

»Laura!« Elis Stimme klang rau vor Erregung. Sie spürte Elis Hände an ihrem Rücken, als er versuchte, ihren BH zu öffnen. Laura hatte das Gefühl, in seinen blauen Augen wie in einem Ozean zu ertrinken. Eli öffnete ihren BH und küsste sie leidenschaftlich auf den Mund.

»Gott, weißt du, wie lange ich mir das gewünscht habe«, sagte er kurz zwischen zwei Küssen. Sie spürte, wie seine Zunge ihre Lippen streichelte. Laura hatte ihre Arme um Elis muskulöse Schultern gelegt. Es war erschreckend, wie richtig sich das hier anfühlte. Schließlich wanderte Eli langsam hinab. Küsste ihr Schlüsselbein und war schließlich bei ihren Brüsten angelangt. Dort ließ er sich Zeit, indem er mit seiner Zunge abwechselnd die eine, dann ihre andere Brust liebkoste. Laura schloss die Augen und genoss Elis Berührung.

»Lass das nicht aufhören«, seufzte Laura glücklich.

Eli sah sie kurz an und lächelte dann. Es war ein glückliches Lächeln. Das unbeschwerte Lächeln, das Laura auf den Bildern gesehen hatte, die Eli vor dem Unfall zeigten.

»Wir haben die ganze Nacht Zeit, *Lovey*«, erwiderte Eli.

Als Laura mitten in der Nacht aufwachte, war Eli nicht da. Zuerst brauchte sie einen Augenblick, um sich zu erinnern, wo sie war. In Elis Bungalow. Sie und Eli hatten miteinander geschlafen und waren danach eng aneinandergeschmiegt eingeschlafen. Laura richtete sich auf.

»Eli?«, fragte sie in das Dunkel des Zimmers. Keine Antwort. Vielleicht war Eli im Bad? Laura hörte ein Rauschen und konnte es zunächst nicht zuordnen, bis ihr klar wurde, dass der Bungalow nahe am Meer stand. Laura richtete sich auf, hielt kurz inne und tappte dann barfuß durch die einzelnen Zimmer. Der Mond schien durch die offene Bungalowtür herein. Laura erschrak kurz, als ihr bewusst wurde, dass sie alleine war. Eli war nicht im Badezimmer, nicht in der Küche. Wo war er und wieso stand die Tür offen? Vielleicht hatte er nicht schlafen können und saß auf der Terrasse? Im Dunkeln ging sie langsam zur Tür. Sie versuchte den Lichtschalter an der Wand zu finden und war erleichtert, als sie ihn schließlich unter ihren tastenden Fingern wahrnahm. Barfuß ging Laura im Licht des Flurs nach draußen.

»Eli?«, fragte Laura lauter. Unsicherheit schwang in ihrer Stimme mit. Laura ging einmal um den gesamten Bungalow, doch Eli war nirgendwo zu finden.

»Eli?!«, rief Laura nun etwas lauter. Inzwischen war ihr unwohl. Vielleicht war ihm schlecht gewesen, dachte sie sich besorgt, aber dann hätte er mich doch wecken können. Vielleicht wollte er einfach nur alleine sein, kam es ihr dann in den Sinn. Dann hätte es gereicht, bis auf die Terrasse zu gehen. Laura sah, dass das Tor, das zum Meer führte, offen stand. Mit eiligen Schritten ging sie den Weg bis zum Tor und schaute im Mondlicht auf den Strand und das Meer. Wäre Laura nicht so in Sorge gewesen, wo Eli war, dann hätte sie diesen Anblick sehr genossen, so hatte sie keinen Sinn für das Mondlicht, das sich silbern in den Wellen des Meeres spiegelte. Sie kniff die Augen zusammen, um in der Dunkelheit mehr erkennen zu können. Dort – saß da nicht jemand im Sand? Laura ging langsam zu der Person, und als sie Eli erkannte, beschleunigte sie ihre Schritte.

»Sag mal, wieso sagst du nichts und lässt mich einfach so zurück!?« Lauras Stimme zitterte.

Eli sah sie unsicher an. »Entschuldige, ich wollte dich nicht erschrecken. Es ist nur so, ich kann nicht schlafen, und für gewöhnlich gehe ich dann spazieren oder setze mich an den Strand. Ich dachte, du schläfst und bekommst es nicht mit, wenn ich weg bin.«

»Wieso weckst du mich dann nicht auf?«

»Das wäre mir sehr unangenehm.« Eli seufzte. »Ich hatte eher gehofft, dass du nicht alle meine komischen Eigenheiten mitbekommst, die ich seit dem Unfall habe, das ist alles.«

8. Kapitel

Es war zwei Tage nachdem sie die Nacht mit Eli verbracht hatte. Laura schwebte noch immer auf allen Wolken und es hatte nicht den Anschein, als würde es wieder anders werden, zumindest wenn es nach Laura und wohl auch nach Eli ging. Laura hatte allerdings nun wirklich sehr viel zu tun. Sie suchte nach der perfekten Druckerei in der Umgebung für die Produktion des Prospektes, und so war es in den vergangenen Tagen bei Nachrichten geblieben, die sie sich zuschickten.

»Wie ich mitbekommen habe, läuft es ganz gut zwischen dir und Eli«, begann Susann einmal, als Laura am Nachmittag mit einem Kaffee an ihrem Büro vorbeikam.

»Ja, es läuft sogar sehr gut«, berichtete Laura und konnte ein Strahlen, das immer kam, wenn sie an Eli dachte, nicht verhindern. »Er ist wirklich ein wunderbarer Mensch. Ich habe das Gefühl, mit jedem Moment, in dem ich ihn noch besser kennenlerne, wird die Liebe, die ich für ihn empfinde, immer stärker.«

In diesem Moment läutete Susanns Telefon. Sie bedeutete Laura, kurz zu warten, und ging hin.

»Pronto ...Ja, ich hatte versucht, dich zu erreichen. Eli, es ist ein kleines Paket für dich angekommen, von ...«, Susann las das Adressetikett, »... von einem Leroy Spencer.« Susann horchte kurz auf Elis Antwort, dann lachte sie herzlich. »Das kommt mir inzwischen auch so vor, dass du so viele Pakete mit Ersatzteilen erhalten hast, dass du inzwischen eine zweite Norton bauen könntest.« Sie horchte wieder auf Elis Antwort. »Ja, keine Eile, es steht bei mir, wie immer, und wenn du mal beim Büro vorbeikommst, nimmst du es einfach mit. Laura ist heute auch im Haus und sie freut sich sicher, wenn sie dich sieht«, entgegnete Susann mit einem Augenzwinkern an Laura gewandt.

»Okay, bis gleich.« Dann legte sie auf und wandte sich grinsend an Laura. »Eli kommt gleich vorbei, ich kenne ihn ja auch noch nicht so lange, aber soweit ich Eli einschätzen kann, bin ich mir fast sicher, dass deine Gefühle für ihn auf Gegenseitigkeit beruhen.«

Wenig später klopfte es an Lauras Bürotür, und als Laura Eli in der offenen Tür stehen sah, das Päckchen unterm Arm, machte ihr Herz einen Sprung.

»Na, was machst du?«, fragte Laura.

»Ich repariere die Norton und bin hoffentlich in den nächsten Tagen damit fertig. Wenn sie anspringt, was ich nun wirklich hoffe, dann machen wir eine Probefahrt, *Lovey*.«

»Abgemacht«, sagte Laura. Sie konnte es gar nicht erwarten, Zeit mit Eli zu verbringen, doch sie hatte auch noch nie auf einem Motorrad gesessen, und so spürte sie einen kleinen Anflug von Nervosität bei dem Gedanken an die Probefahrt. Eli lächelte Laura glücklich an und küsste sie leidenschaftlich.

»Ich kann es gar nicht mehr erwarten, Laura«, flüsterte Eli ihr ins Ohr.

»Ich auch nicht«, murmelte Laura und erwiderte den Kuss. Sie sah Eli verliebt nach, als er aus dem Büro ging.

Die nächsten zwei Tage verglich Laura die Preise der Druckereien und holte alle Informationen ein, die ihr bei den Angeboten noch fehlten. Als sie alles beisammenhatte, stellte sie Carlo ihre Ergebnisse vor. Schließlich stand die Druckerei für die Produktion der Prospekte fest. Die Werbemittel wurden bereits in einer anderen Druckerei hergestellt. Laura war stolz und freute sich schon auf die Ergebnisse.

Es war Samstag. Eli war auf mysteriöse Weise nur schwer zu erreichen, er schrieb nur kurz auf ihre Nachrichten zurück und Laura vermutete, dass er mit der Reparatur des Motorrads nun tatsächlich bald fertig war. Laura sortierte ihre Unterlagen, schließlich war ihre Arbeit hier nun fast beendet. Sobald die ersten Ergebnisse geliefert wurden und so aussahen, wie sie sich das erhofft und geplant hatte, konnte sie nach Bozen zurückkehren. Immer mehr sagte zwar ihr Herz, dass sie das eigentlich nicht wollte, das war allerdings etwas, was sie mit Eli noch besprechen musste und dann mit ihrer Familie und natürlich mit Marcello.

Am späten Nachmittag klopfte es an Lauras Bürotür. Ohne auf ihre Antwort zu warten, kam Eli auch schon herein. Er trug eine Lederjacke und dunkelblaue Jeans und Laura konnte ihn sich gut in einer Werbung vorstellen. Eli strahlte sie glücklich an und kam auch gleich auf den Punkt.

»Die Commando läuft. Hast du Lust auf die Probefahrt?«

»Ja klar«, entgegnete Laura sofort, obwohl sie noch nie Motorrad gefahren war und es auch nicht gerade ganz oben auf der Liste der Dinge stand, die sie in ihrem Leben noch tun wollte. Gut, dass ich mich heute Morgen für eine Hose und nicht für einen Rock entschieden habe, dachte sie und folgte, nachdem sie ihren Laptop heruntergefahren hatte, Eli nach draußen. Die Commando stand direkt vor der Tür des Hotels und zog bereits den ein oder anderen Blick eines Gastes auf sich. Eli reichte Laura einen schwarzen Helm.

»Das ist der Motorradhelm meiner Schwester, ich hoffe, er passt dir«, sagte Eli.

Laura entfernte die Haarklammern und Spangen aus

ihrem Haar, die sie für ihre Hochsteckfrisur brauchte. Eli sah sie an, ohne ein Wort zu sagen. Laura zog sich den Helm über den Kopf. Er passte perfekt. Sie blickte zu Eli, der sie immer noch ohne ein Wort zu sagen anschaute.

»Passt perfekt. Was ist los?«, fragte Laura irritiert.

»Verzeihung, ich ... du siehst einfach umwerfend aus, das ist alles, sogar mit Motorradhelm«, erwiderte Eli und Laura spürte das Prickeln, an das sie sich noch immer nicht gewöhnen konnte oder wollte. Es war schön, dem Mann zu gefallen, in den sie sich verliebt hatte.

»Okay, ich bin bereit«, verkündete Laura, als sie den Kinnriemen geschlossen hatte. »Ich bin aber noch nie auf einem Motorrad mitgefahren, Eli, also fahr bitte nicht zu schnell.«

Sie hatte ein bisschen Respekt vor dem Motorrad, aber Eli konnte sicher gut fahren. Er reichte ihr ein paar Lederhandschuhe. Auch diese passten wie angegossen.

»Keine Panik, *Lovey*, dir passiert nichts. Also, hier«, Eli klappte die Fußrasten herunter, die für den Sozius weiter hinten befestigt waren , »stellst du die Füße während der Fahrt hin. Wenn wir an einer Ampel oder so stehen, lässt du die Füße einfach oben, und wenn wir in die Kurven fahren, lehn dich bitte nicht genau in die andere Richtung, das macht meine Schwester immer. Vertrau mir einfach, das macht wirklich Spaß.«

Laura nickte. Eli setzte sich den Helm auf und schwang sich aufs Motorrad. Laura war froh, dass die Commando nicht sehr hoch war. Sie stieg hinter Eli auf und legte ihre Arme um ihn.

»Kann losgehen!«, rief sie, sodass er sie unter dem Helm hören konnte. Eli startete die Norton mit dem Kickstarter auf der rechten Seite und das Motorrad sprang sofort an. Laura klammerte sich fester an Eli. Ihre größte Angst war, nach hinten herunterzufliegen. Laura spürte das Vibrieren des Motors durch den ganzen Körper. Eli legte den Gang ein und fuhr ganz sachte an. Sie fuhren langsam über die Bodenschwelle beim Resortausgang und warteten an der Schranke, bis diese sich öffnete. Susann stand eben an der Rezeption und schaute überrascht, als sie die zwei sah. Eli nickte ihr kurz zu und bog dann nach links ab. Laura war zuerst unsicher. Sie wusste nicht recht, ob sie sich mehr in die Kurven legen sollte. Doch je länger die Fahrt dauerte, desto vertrauter fühlte es sich an, hinter Eli auf der Norton zu sitzen. Sie fuhren auf der Hauptstraße Richtung Ca'Sogno. Irgendwann vor Ca'Sogno bog Eli nach links ab und sie fuhren an der Lagune entlang. Hier waren weniger Autos und Laura begann die Fahrt zu genießen. Motorradfahren war tatsächlich viel intensiver als Autofahren, und Eli so nah zu sein fühlte sich großartig an. Als die Straße entlang der Lagune aufhörte, bog Eli nach rechts auf einen Schotterweg ab, der zu einem Leuchtturm führte. Dort hielt er das Motorrad an und nahm den Helm ab.

»Und?«, fragte er und grinste sie verschmitzt an. »Großartig, oder?«

Laura hatte ebenfalls ihren Helm abgenommen, nachdem sie endlich den Kinnriemen aufbekommen hatte.

»Ja, daran könnte ich mich gewöhnen.«

»Du bist eine viel bessere Sozia als meine Schwester.«

»Na, da siehst du mal, wir harmonieren eben auf vielen Ebenen«, erwiderte Laura keck und stieg ab. »Hätte ich gewusst, dass wir einen Leuchtturm anschauen, hätte ich meine Kamera mitgenommen. Jetzt habe ich nur mein Handy dabei.«

Eli war ebenfalls abgestiegen und stellte sich neben sie.

»Komm, wir machen ein Selfie«, erwiderte Laura und schlang einen Arm um Eli.

»Och komm, bitte keine Fotos«, erwiderte Eli und hielt abwehrend die Hände hoch.

»Ein Foto wirst du schon aushalten, du Superstar.« Laura hielt das Handy vor sich, sodass der Leuchtturm gut zu sehen war, Eli stellte sich neben sie, und kurz bevor Laura auf den Auslöser drückte, küsste er sie auf die Wange. Auf dem Foto war Eli daher nur im Halbprofil zu sehen.

Laura sah Eli verliebt an. Eli strich ihr eine lange Strähne ihres schwarzen Haares hinter die Ohren zurück.

»Meine Haare sind durch den Helm ganz zerzaust, oder?«, fragte Laura lächelnd.

»Deine Haare sind perfekt, *Lovey*.« Eli sah sie dabei so intensiv an, dass sich eine wohlige Wärme in ihrem Inneren ausbreitete. Und dann verschloss Eli ihren Mund mit einem einzigen verführerisch intensiven Kuss, der definitiv nach mehr verlangte. Aber nicht hier an diesem Ort, das wussten sie beide, doch Laura konnte auch die Vorfreude in Elis Gesicht sehen, wenn sie beide an den weiteren Tagesverlauf dachten.

Laura genoss die Fahrt zurück fast noch mehr als die Hinfahrt. Motorradfahren mit Eli war traumhaft und fast war sie enttäuscht, als sie nur kurze Zeit später vor Elis Bungalow standen. Die Fahrt hätte ruhig noch etwas länger dauern dürfen.

»Vielleicht können wir auch einmal mit der Ducati fahren?«, fragte Laura Eli und zeigte auf das schwarze Motorrad, das in der Nähe des Olivenbaums stand.

»Ah, ich sehe schon, da hatte jemand sehr viel Spaß. In einer der Garagen von Carlo habe ich noch drei Motorräder stehen. Da können wir noch viele Fahrten machen.«

»Solange wir zusammen sind, ist mir das alles recht.«

Eli stellte die Commando unter das Terrassendach und deckte die Ducati mit einer Plane ab, weil für heute Abend wieder Regen angesagt war.

»Magst du was trinken?«, fragte Eli sie. Laura ließ sich auf die bequeme Couch fallen. »Hast du auch Tee da? Mir ist jetzt ganz schön kühl von der Fahrerei.«

Eli nahm sich ein Bier aus dem Kühlschrank und füllte Wasser in den Wasserkocher.

»Ach ja, bevor ich es vergesse, das auf dem Tisch sind übrigens die Autogrammkarten für die Enkel von deinem Boss.« Laura sah zwei postkartengroße Karten auf dem Couchtisch liegen. Eli konnte man nicht erkennen, da er in voller Montur auf dem Motorrad saß und sich eben tief in eine Linkskurve legte und sein linkes Knie fast den Asphalt berührte. Darüber stand in Druckschrift: *You never know how strong you are, until being strong is the only choice you have. [Bob Marley]* Und darunter in einer geschwungenen Schrift mit Edding geschrieben: *Eli Grantham.*

»Das sieht wirklich super aus, die Jungs werden sich sicher freuen.«

»Denkst du?«, fragte Eli unsicher.

»Natürlich.«

Eli schlang die Arme um ihren schlanken Körper und sich küssend schafften sie es bis in Elis Schlafzimmer. Getrieben von der Lust ließen sie sich aufs Bett fallen.

»Ich liebe deinen Körper«, flüsterte Eli Laura ins Ohr. Sie spürte seinen Bart und seine Lippen an ihrem Hals, spürte, wie er küssend ihren Körper erkundete, ganz so wie beim ersten Mal, als sie miteinander geschlafen hatten. Doch für sie beide schien das zweite Mal noch aufregender zu sein. Laura sehnte sich nach Elis durchtrainiertem Körper. Beim ersten Mal war sie durchs Tanzen und den Alkohol etwas aufgedreht gewesen und Eli war es wohl nicht anders ergangen. Eli so nah zu sein, seine Haut auf ihrer zu spüren, ihn in sich zu spüren, die Leidenschaft in seinen Augen zu sehen, wenn er in ihr kam, raubten ihr fast den Verstand. Sie schlang ihre Arme um seinen Hals und presste sich noch enger an ihn.

»Laura, du bist großartig«, sagte Eli atemlos.

»Ich liebe dich, Eli«, entgegnete Laura nah an seinem Ohr.

Eli lag neben Laura. Draußen regnete und stürmte es. Dicke Regentropfen fielen auf das Bungalowdach. Für Laura hatte es wohl eine sehr meditative Wirkung gehabt, denn sie war bald eingeschlafen. Eng lag sie an Eli gekuschelt und Eli hatte einen Arm um sie gelegt. Hatte er jemals so viel für eine Frau empfunden? Nein, das konnte Eli sich klar beantworten. Laura war perfekt. Ihr Körper raubte ihm fast den Verstand. Und es war nicht nur der Sex. Erst jetzt fiel ihm wieder ein, was sie gesagt hatte. *Ich liebe dich, Eli.* Erst hatte er sich gefreut über Lauras Liebesgeständnis, doch dann hatten sich die bekannten Zweifel wieder in seine Gedanken geschlichen. Konnte es wirklich sein, dass er so viel Glück hatte, dass er dieses Glück, geliebt zu werden, wirklich verdiente? Er liebte Laura auch. Eigentlich empfand er so, seit sie in Venedig gewesen waren. Lag es denn in der Familie, dass die Liccardis sich immer in Venedig verlieben mussten? Laura kuschelte sich enger an ihn, als ein leises Donnergrollen zu hören war. Wie konnte die Tatsache, dass sie sich ineinander verliebt hatten, ihn gleichzeitig ängstigen, aber auch so glücklich machen, dass er meinte, die Brust müsste ihm zerspringen vor lauter Freude?

Laura wachte auf. Sie drehte sich auf die andere Seite und sah Eli, der schlafend neben ihr lag, an. Sie liebte ihn, das war ihr gestern nicht einfach nur so herausgerutscht, sie hatte es ernst gemeint, und auch wenn Eli nichts darauf erwidert hatte, zweifelte Laura nicht daran, dass es ihm ebenso ging. Natürlich konnte sie nicht wissen, ob er sie auch liebte, doch er genoss ihre Nähe, und vielleicht war es nun an der Zeit, über ihre Gefühle zu sprechen. Bei einem schönen Frühstück in der Mall, überlegte Laura. Den Tee gestern Abend hatte sie ganz vergessen. Aber gefroren hatte sie nach ihrer Liebesnacht mit Eli sowieso nicht mehr. Sie schmiegte sich eng an Elis Seite und gab ihm einen Kuss auf die Wange.

»*Buongiorno dormiglione*«, sagte Laura liebevoll.

»Wen nennst du hier *Schlafmütze!*?«, erwiderte Eli und gähnte ausgiebig, während Laura schon ins Bad verschwand.

»Ich möchte heute in der Mall frühstücken, hast du Lust?«, rief Laura aus dem Bad.

»Ich habe gerade auf etwas ganz anderes Lust, *Lovey*.« Laura kam aus dem Bad, sie hatte sich ein Handtuch um ihren Körper geschlungen. »Auf was hast du Lust? Ich wollte erst noch duschen.«

»Das lässt sich gut miteinander verbinden«, erwiderte Eli keck, stand auf und schlang seine Arme um Laura. »Oder möchtest du nicht?«

Laura küsste Eli leidenschaftlich und hauchte ihm ins Ohr. »Und ob ich das will.«

Durch die Lust wirkten Elis Augen dunkler als sonst. Wenige Augenblicke später standen sie unter der heißen Dusche. Laura sah bewundernd auf diese starken Oberarme und Elis flachen Bauch. Eli hob sie mühelos hoch und Laura schlang erregt ihre Beine um ihn. Sie legte den Kopf in den Nacken und genoss es, als sie ihn in sich spürte.

»Du bist so schön«, erwiderte Eli atemlos nah an ihrem Ohr. Feine Wassertropfen hatten sich in Lauras Wimpern gesammelt und für Eli wirkte sie wie eine Sirene, dem Meer entstiegen, zu schön, um von dieser Welt zu sein und für immer an seiner Seite zu bleiben.

»Inzwischen wird es wohl eher ein frühes Mittagessen anstatt eines Frühstücks.«

Eli führte Laura an einen Tisch und sie genoss es, wieder einen Mann an ihrer Seite zu wissen. Wie lange war sie nun seit Giorgio alleine? Sie wusste es nicht mehr, aber es mussten an die zwei Jahre sein. Und das mit Eli – das war etwas Ernstes, das fühlte Laura. Ihre Mutter zeigte sich in den Telefonaten immer noch skeptisch, sie machte sich Sorgen um Laura, wollte sie ihre Tochter doch auf keinen Fall wieder so deprimiert sehen wie nach der Beziehung zu Giorgio.

Laura nahm sich vor, das Gespräch im Laufe dieses Frühstücks auf ihre zukünftigen Pläne zu bringen. Vielleicht hatte Eli schon eine Idee, wie sie am besten in Kontakt bleiben konnten. Sollten sie eine Fernbeziehung führen, oder wäre es besser, wenn Laura fest im Resort arbeitete? Genug zu tun gab es allemal. Aber das sollten sie sicher am besten mit Carlo und Edmondo bereden.

»Also, was nimmst du?«, fragte Eli, als sie durch die Karte geblättert hatten.

»Ich nehme dich«, erwiderte Laura lächelnd und sah Eli verliebt an. Eli erwiderte ihren Blick.

Weil der Himmel noch immer nach Regen aussah, hatten sie sich an einen Tisch unter dem Vordach gesetzt.

Sie bestellten und Laura nippte an ihrem Cappuccino.

»Hast du die Autogrammkarten nun mitgenommen?«, fragte Eli.

»Ja, ich habe sie bei mir in der Tasche. Marcello würde es mir nicht verzeihen, wenn ich die hier vergessen würde!«

»Na ja, die kann man ja immer mit der Post nachschicken.« Eli sah kurz auf und sah Laura an. Sie hatte die Stirn gerunzelt. Hatte sie erwartet, dass er jetzt sagte, wenn sie die Karten vergessen hätte, wäre er nach Bozen gefahren? Elis Gedanken kreisten wild in seinem Kopf, ihm war schwindlig und er hatte das Gefühl, zu viel getrunken zu haben, obwohl er heute noch keinen Tropfen Alkohol angerührt hatte. Wie sollte es weitergehen mit ihnen? Bestimmt wollte Laura ihren Job bei Marcello behalten, sie bestand auf ihre Karriere, und das konnte er auch verstehen, sie hatte hart genug dafür gearbeitet. Carlo wollte er nicht fragen, ob es eine Stelle hier für Laura gäbe, dann müsste er seinen Bruder schon wieder um einen Gefallen bitten, und Laura – sie wollte vielleicht gar nicht hier arbeiten. Wieso war es nur so kompliziert?

»Aber die Autogrammkarten sehen wirklich cool aus. Ich finde es ziemlich wahnsinnig, in welcher Schräglage die Motorräder in die Kurven fahren«, versuchte Laura das Gespräch am Laufen zu halten, als sie merkte, dass Eli zunehmend in Gedanken versank.

»Das ist auch nicht ganz einfach, man kann sich da auch schon gleich mal verschätzen, und das spürst du sofort. Bist du zu langsam, dann wirst du gleich überholt, wenn du zu viel riskierst, drohst du zu stürzen und das Rennen ist für dich vorbei, wenn nicht sogar Schlimmeres passiert.«

»Ich hätte dir dabei, glaube ich, nie zuschauen können. Ich hätte mir zu viele Sorgen gemacht«, erwiderte Laura.

Eli lächelte schief. »Die Probleme hatte Chelsea nicht. Vielleicht hat sie mich auch damals schon nicht geliebt und es war ihr egal. Das kann ich nicht sagen, sie hat mir ja keine Chance gelassen, etwas zu sagen, als sie gegangen ist.« Eli ballte die Hände zu Fäusten. Er war plötzlich so zornig. »Aber Chelsea ist nicht wie du. Sie hat mich nicht geliebt, besser gesagt, weiß ich nicht, ob sie überhaupt weiß, was Liebe ist.«

»Das würde ich jetzt nicht so sagen, sie hat dich sicherlich einmal geliebt.«

Eli reagierte nicht darauf, das wollte er nicht hören. Wenn sie ihn geliebt hatte, warum hatte sie ihm dann so wehgetan, als sie ihn so plötzlich verlassen hatte, in dem Moment, als er sie am nötigsten gebraucht hätte?

»Vielleicht ist Chelsea bewusst geworden, dass sie dich nicht mehr liebt, und sie empfand es als unaufrichtig zu bleiben.«

Wie Laura das sagte, als würde sie über das Wetter sprechen. Eli meinte erst, sich verhört zu haben. Verteidigte Laura nun tatsächlich Chelsea? Sollte sie nicht vielmehr zu ihm halten?

»Was willst du damit sagen?«, fragte Eli ernst.

Laura spürte, wie sich Elis Stimmung abrupt geändert hatte. »Versteh mich jetzt nicht falsch, Eli. Ich will nur damit sagen, wenn Chelsea dich verlassen hat, weil sie dich nicht mehr geliebt hat, das war wirklich nicht gerade der beste Zeitpunkt, aber du hättest ja sicher auch nicht gewollt, dass sie aus Mitleid bei dir bleibt, oder?«

Aus Mitleid. Eli wandte den Blick ab. Er spürte, wie dieser ganze Hass, den er auf Chelsea projiziert hatte, sich nun Bahn brach. Also sah Laura es ebenso wie Chelsea damals, viel deutlicher hätte sie es ihm nicht sagen können. Aus Mitleid mit ihm zusammen sein. Es war demnach eine Zumutung, mit ihm eine Beziehung zu haben. Eli lachte kurz enttäuscht auf.

»Dann solltest du wohl auch ganz schnell gehen, bevor

dich das Mitleid packt und du mit mir in einer Beziehung festhängst«, erwiderte Eli kalt.

Laura sah ihn verwirrt an. Hatte sie da gerade eben etwas nicht mitbekommen?

»Eli, wir haben, glaube ich, total aneinander vorbeigeredet.«

»Denkst du? Ich erkenne nur so viel, dass du Chelsea verstehen kannst, dass sie nicht aus Mitleid bei mir bleiben wollte und dass es wohl eine Zumutung ist, mit mir zusammen zu sein!«

»Das habe ich weder gesagt noch habe ich es so gemeint, Eli. Ich wollte lediglich erklären, warum ich glaube, dass Chelsea dich verlassen hat, okay? Es kann auch aus anderen Gründen sein, oberflächlicheren Gründen, vielleicht liebt sie ein Leben auf der Überholspur und du ...«

»Ich passe nicht mehr dazu, oder?! Ist es das? Was bin ich denn für dich?«

»Warum fragst du mich das?! Ich bin nicht Chelsea, Eli! Es war eine Vermutung, warum sie dich verlassen hat, mehr nicht.« Laura war verwirrt und auch genervt. Wollte er sie einfach falsch verstehen? »Wie gesagt, vielleicht ist Chelsea ein oberflächlicher Mensch, der gerne im Mittelpunkt steht. Schließlich ist sie eine Person der Medien und Werbung.«

»So wie du?!«

»Eli, du wirst ungerecht und ich möchte mit dir nicht diskutieren. Ich weiß nicht, warum Chelsea gegangen ist, in Ordnung. Aber ich bin nicht sie, und wenn du das nicht verstehen willst, kann ich dir auch nicht weiterhelfen!«

Lauras Stimme war gegen Ende des Satzes lauter geworden. Warum sollte sie etwas rechtfertigen, wofür sie gar nicht verantwortlich war? Es war ihr zu Beginn des Gesprächs nur unfair vorgekommen, dass Eli Chelsea für alles die Schuld gab.

»Ich bemerke eben, dass ihr euch gar nicht so viel unterscheidet, das ist alles. Du bist ebenso oberflächlich wie sie. Ein Leben auf der Überholspur, das trifft vielleicht nicht so zu, aber du willst schließlich auch unbedingt erfolgreich sein, das hast du selbst gesagt, ihr seid beide ehrgeizig. Da will ich dich nicht behindern. Du kannst gerne gehen, ich brauche keine Frau, die nur aus Mitleid bei mir bleibt!«

»Hörst du dir eigentlich zu?!« Lauras Hände begannen vor Wut zu zittern. »Weißt du, was dein Problem ist, Eli?! Du hast deinen ganzen Unfall noch nicht ordentlich verarbeitet, und dass dich Chelsea verlassen hat, hast du auch noch nicht verwunden. Da kann ich aber nichts dafür, und weil du die Situation jetzt nicht richtig einschätzen kannst, oder was weiß ich, suchst du etwas, um das, was zwischen uns ist, schlechtzumachen. Nur weil du Angst davor hast, was die Zukunft bringt, brauchst du mich jetzt nicht anzumotzen.«

»Gut, wenn ich diese unzähligen Probleme habe und es anscheinend so eine Zumutung ist, bei mir zu bleiben, dann geh doch einfach, was suchst du dann noch hier?!«

Eli merkte, dass er damit zu weit ging, doch er fühlte sich von Laura in die Ecke gedrängt. Ja, er hatte Angst, doch das wollte er vor ihr nicht zugeben.

Laura sah ihn kurz sprachlos an. »Wie kann man nur so stur sein!«, rief sie ärgerlich aus. »Du versuchst mir doch zwanghaft etwas in den Mund zu legen. Weißt du was, wenn du mich so wenig einschätzen kannst, dann ...«

Laura wollte den Satz nicht zu Ende sprechen, sie mochte Eli, sie wusste nicht, was gerade mit ihm los war, aber sie hatte eine gemeinsame Zukunft für sie beide gesehen. Dass Eli ihr nun vorwarf, sie sei oberflächlich, verletzte sie, doch Laura versuchte darüber hinwegzusehen, auch wenn es schwer war. Auch ihr Bruder warf, wenn er sich unwohl fühlte, mit Vorwürfen um sich, doch mit ihm konnte sie besser streiten.

Eli nahm seine Jacke und zog sie an.

»Willst du jetzt einfach so gehen?«, fragte Laura.

»Ich denke, es ist alles gesagt.«

9. Kapitel

Carlo hielt den Prospekt in der Hand und blätterte diesen begeistert durch.

»Sehr schön, perfekt, genauso hatte ich es mir vorgestellt. Er ist vielleicht sogar noch ein bisschen besser geworden, als ich es erwartet hatte.«

Dann griff Carlo zu den Strandhandtüchern, die Laura ebenfalls mitgebracht hatte.

»Sehr wichtig zu wissen, die Qualität ist sehr hoch bei diesen Strandtüchern, sie färben auch vor dem ersten Waschen nicht aus, selbst wenn einer der Urlauber sich das Handtuch kauft und es sofort am Strand beim Sonnen benutzt. Auch bei den Souvenirs für die Kinder haben wir auf hohe Produktqualität geachtet. Das schlägt sich zwar etwas im Preis nieder, aber da die Stückzahlen sehr hoch waren, ist es nicht gravierend.«

»Sehr gut, Signorina Giancomelli. Wir, ich denke, dass ich für die ganze Firma sprechen kann, wir sind alle sehr zufrieden und deshalb würden wir uns sehr freuen, wenn Sie stellvertretend für Marcellos Werbeagentur auch für unser anderes Resort am Gardasee einen neuen Prospekt designen und in Auftrag geben könnten und selbstverständlich auch für diesen Standort neue Souvenirs und Werbeprodukte entwerfen. Die Chronik müsste erst beim 50-jährigen Jubiläum fertig werden, da hätten wir noch bis Ende nächsten Jahres Zeit. Was sagen Sie dazu?«, fragte Carlo.

Laura freute sich sehr im ersten Moment, doch dann wurde ihr bewusst, was dies zu bedeuten hatte. Sie würde Eli doch öfter sehen und ihr Arbeitsplatz wäre nicht mehr in Bozen, sondern vermutlich hier.

»Ich arbeite dann die meiste Zeit hier und bin dann nur

für die Aufnahmen und ersten Gespräche am Gardasee?«, fragte Laura kurz nach. Carlo war irritiert von Lauras nüchterner Reaktion. Sicher wollte sie noch Genaueres mit Marcello und ihrer Familie zu Hause absprechen, wobei Carlo bei Marcello schon etwas vorgefühlt und von ihm »grünes Licht« bekommen hatte. Marcello hatte ihm auch noch den Hinweis gegeben, dass sich Laura sicher sehr freuen würde.

»Genau, so hatten wir es uns gedacht. Die meisten Familienmitglieder sind immer hier in unserem Stammhaus und deswegen würde es sich anbieten, dass Sie einen Großteil der Zeit von hier aus arbeiten.«

»Ja, das ist eine tolle Idee.« Laura lächelte, doch es wirkte nur aufgesetzt, zumindest kam es Carlo so vor.

»Eli freut sich sicher auch.« Und er spürte, dass er damit auf den Kern des Problems stieß, denn Laura sah kurz zum Fenster und schien unschlüssig, wie sie reagieren sollte.

»Ob sich Eli da so freut, weiß ich nicht. Ich muss auch noch mal mit meinem Chef besprechen, ob ein Kollege oder ich diesen Job übernehmen werden.«

Laura wollte weder Carlos Enthusiasmus bremsen noch wollte sie zusagen, diesen wichtigen Auftrag zu übernehmen, bevor sie selbst wusste, wohin sie ihre Gefühle führten.

Carlo sah Laura überrascht an. »Verzeihung, ich weiß nicht, ob ich jetzt zu weit gehe, aber ich hatte den Eindruck, dass Sie und Eli sich sehr gut verstünden.«

»Den Eindruck hatte ich auch, aber es funktioniert leider einfach nicht zwischen uns. Daher denke ich, wird es besser sein, ein Kollege übernimmt diesen Auftrag. Aber wie gesagt, ich möchte davor mit Marcello kurz Rücksprache halten.«

Laura biss sich auf die Lippen. Sie fühlte sich so elend.

Laura hatte alles zusammengepackt. Ihre Koffer standen bei der Rezeption. Sie verabschiedete sich von den Kollegen, die ihr inzwischen sehr lieb geworden waren. Der Abschied von Carlo und Susann fiel ihr besonders schwer.

»Schade, dass du gehst«, sagte Susann ehrlich.

»Ich denke, so ist es vorerst das Beste. Ich werde trotzdem noch kurz bei Eli vorbeischauen.« Susann konnte sehen, wie unwohl und traurig sich Laura fühlte. Sie selbst würde Laura vermissen und verstand noch immer nicht, was genau vorgefallen war.

Eli würde sie nicht zurückhalten. Er war so stur und schien fest davon überzeugt zu sein, dass er sich in ihr getäuscht hatte. Was sollte sie dann noch sagen? Da gab es nichts mehr, was ihr einfiel, um ihn zu überzeugen. Außerdem hatte er in seiner Wut deutlich gemacht, was er von ihr hielt. Einen gewissen Stolz hatte sie schließlich auch.

»Dann gehe ich jetzt, Eli«, sagte Laura, als sie ihm bei seinem Bungalow gegenüberstand.

»Ja, gut. Leb wohl.«

Keine Umarmung, kein Kuss. Er sah sie nur an. Er schien so traurig, wie sie sich fühlte, doch zurückhalten wollte er sie nicht. Wie festgewachsen blieb er stehen.

»Das zwischen uns hätte nicht sein sollen, aber …«, begann Laura und Eli unterbrach sie rüde.

»Da hast du recht, es war ein Fehler.«

»So sehe ich es nicht. Ich bin froh, dass es passiert ist.«

Eli zuckte nur die Schultern. Wie sollte er ihr vertrauen? Sie war wie Chelsea, sie würde ihn verletzen, und wenn er sich noch mehr auf sie einließ (gab es denn überhaupt ein *Noch mehr?*), dann würde er es bereuen. Viel mehr, als er es jetzt schon tat. Eli sah sie noch einmal kurz an, dann drehte er sich um und ging durch das Gartentor zum Strand. Wenn er ihr noch eine Weile länger dort in seinem Garten gegenübergestanden hätte, würde er Laura nicht mehr gehen lassen können, da war er sich sicher. Dann würde er sie bitten zu bleiben.

Laura sah, wie Eli durch das Tor ging, und sie fühlte, wie ihr das Herz brach. Tränen der Verzweiflung liefen ihr über die Wangen. Wie ein trotziges Kind schob sie die Hände in die Manteltaschen und fand dort die Muschel, die sie bei ihrem zweiten Strandbesuch mitgenommen hatte. Laura schloss die Hand fest um die Muschel. Leise weinte sie und trauerte um das Ende ihres Traums. Eines hoffnungslosen Traums. War das Ende nicht schon immer klar am Horizont zu sehen gewesen? Wieso musstest du auch daran glauben, schimpfte ihr Unterbewusstsein. Als sie sich halbwegs wieder beruhigt hatte, holte sie einen Zettel aus ihrer Tasche und schrieb eine kurze Nachricht an den Mann, der ihr inzwischen mehr bedeutete, als sie sich hatte vorstellen können. Sie legte den Zettel und die Muschel auf die Sitzbank der Norton und machte sich dann auf den Heimweg.

Als Lorenzo mit Laura Richtung Hafen davonfuhr, hielt es Carlo nicht mehr aus.

»Sie ist weg. Ist es wirklich das, was du wolltest?!«, fragte Carlo erbost und sah Eli verständnislos an. Er hatte seinen Bruder an dessen Bungalow nicht finden können, deshalb hatte ihn sein Weg direkt zum Strand geführt, wo er Eli nun schließlich auch fand.

»Mir ist das gleich.« Eli sah auf den Horizont, auf die Wellen, die Gischt, die in der Abendsonne rotgolden leuchtete.

»Dann kann ich dir nicht helfen. Ich hatte den Eindruck, du magst sie. Und sie dich.« Carlo fühlte, wie die Abgründe zwischen ihm und seinem Bruder wieder aufzureißen drohten. Wie gut hatten sie versucht, die Vergangenheit zu vergessen. Alle jemals ausgesprochenen Beleidigungen hingen wieder zwischen ihnen.

»Ach ja?« Eli drehte sich um. Carlo hielt ihn am Arm fest.

»Sie liebt dich, verdammt. Ist dir das so egal?« Carlo wollte seinen Bruder an den Schultern packen und ihn schütteln, damit er zur Vernunft kam.

»Hör auf, mich zu bevormunden, und mische dich nicht immer in meine Angelegenheiten ein, Carlo. Das ist meine Sache. Und jetzt lass mich los!« Carlo sah ihn sprachlos an und ließ ihn los.

»Das kannst du wirklich am besten – die Leute vor den Kopf stoßen, denen du etwas bedeutest. Ich wollte mich nie in deine Angelegenheiten einmischen, aber was hätte ich denn tun sollen.«

Eli hatte die Aussage ziemlich getroffen, doch er drehte sich nicht zu Carlo um, sondern ging den Strand entlang, bis er unterhalb des Leuchtturms angekommen war. Er erinnerte sich an das Gespräch mit Laura, als sie joggen waren. Er erinnerte sich an das Gefühl, als er aufgestanden war. Noch immer war ihm schwindlig gewesen, doch Laura neben sich zu wissen, hatte ihm Stärke und Sicherheit vermittelt. Wie eine Brücke zur restlichen Welt, war sie die letzten Wochen mit jedem Tag wichtiger für ihn geworden. Und jetzt ... Eli sah sich um. Jetzt bist du wieder alleine. Aber wenigstens konnte ich den Zeitpunkt wählen, dachte sich Eli, wenigstens konnte ich dieses Mal bestimmen, wann meine Welt zerbricht, dieses Mal konnte ich mich darauf einstellen. Warum fühlte es sich dann so falsch an? Weil du ein Narr bist. Diese Erkenntnis traf ihn wie ein Hammerschlag und er fühlte sich unendlich einsam.

Als sie im Zug nach Bozen saß, sah sich Laura die Fotos auf ihrem Handy durch, sie suchte ein ganz bestimmtes Foto. Es war egal, dass sie, als sie es fand, das Gefühl hatte, ihr Herz müsste nun endgültig zerspringen. Es war nichtig, dass sie das Gefühl hatte, sie müsste sich selbst gänzlich verlieren, wenn sie das Bild weiter betrachtete. Sie selbst lächelte sich auf diesem Foto entgegen, Eli gab ihr einen Kuss auf die Wange. Sie strich über das Display. Sie zeichnete Elis feines Profil mit dem Finger nach, als könnte sie ihm so zumindest ein bisschen näher sein. Hatte sie es Eli nicht selbst gesagt: *In einer anderen Zeit, in einem anderen Universum, da gibt es auch diesen Moment, und ab da geht das Leben dann anders weiter.* Tränen der Trauer liefen Laura über die Wangen. Sie versuchte gar nicht mehr, sie wegzuwischen, es hatte ja doch keinen Sinn. Laura wünschte sich so sehr, ein Teil dieses anderen Universums zu sein, einem Universum, in dem es eine Zukunft für sie und Eli gegeben hatte, dass sie die reale Welt um sich herum nur noch wie durch Watte wahrnahm.

»Carlo, was ist los?« Susanns Frage hing einige Augenblicke unbeantwortet im Raum. Carlo zog sich seine Jogging-Klamotten an. Er brauchte nun einige Augenblicke für sich.

»Ich sag es dir gerne später, Susann, aber ich brauche jetzt einfach kurz Zeit für mich, um mir über einiges klarzuwerden.«

Susann nickte und küsste ihn liebevoll auf die Wange. »Bis später.«

Carlo sah seine Verlobte dankbar an, sie verstand ihn

immer. Die Haustür fiel hinter ihm ins Schloss und Carlo lief los. Er war wütend, auf Eli, auf sich selbst, auf das Leben an sich. Am meisten überwog die Wut auf Eli. Laura war ein wunderbarer Mensch – wie konnte Eli nur so blind sein! Es war klar, dass Laura ihn liebte. Wieso konnte er es nicht als wundervolles Ereignis akzeptieren? Wieso musste Eli alles kaputt machen? Carlo erinnerte sich an den großen Streit mit Eli, den er gehabt hatte, nachdem Eli ihrem Vater den Scheck überreicht hatte.

»Denkst du eigentlich nach, bevor du handelst?!«, hatte Carlo ihn ungehalten zurechtgewiesen. »Es war ein wunderschöner Abend mit der Familie und du musst ihn so kaputt machen durch deine dämliche Aktion. Papà das Geld zurückzugeben, spinnst du, du weißt, dass das nicht nötig war.«

»Hör auf, dich mir gegenüber immer so belehrend aufzuführen, Carlo. Das steht dir nicht. Ich bin erwachsen.« Eli hatte ihn belächelt auf diese arrogante Art, die er manchmal an sich hatte.

»Du benimmst dich nach wie vor wie ein Kind, Eli, dann behandle ich dich auch so.« Carlo hatte gespürt, wie viel ihn und Eli trennte. Sie waren sich so fremd gewesen zu dieser Zeit.

»Das konntest du schon immer am besten, Carlo, große Reden schwingen. Als Edmondos Liebling ist das aber auch nicht schwer. Du setzt dich hier doch ins gemachte Nest. Wofür hast du denn arbeiten müssen? Dass du dir nicht zu blöd bist, so wie der Alte werden zu wollen.« Carlo hatte an sich halten müssen, um nicht auf Eli loszugehen. Er hatte zu dieser Zeit nach dem Studium versucht, bei allen Praktika möglichst viel zu lernen, damit er das Resort so gut führen konnte wie die Generationen vor ihm, und nun kam sein kleiner Bruder, der keine Ahnung hatte, und redete ihn so blöd an.

»Halt deinen Mund, Eli.«

»Sonst was? Wird dir klar, dass du anscheinend kein eignes Leben hast, außerhalb dieser Familie? Das muss ja scheußlich sein.« Diese Aussage hatte Carlo getroffen, also hatte er versucht, Eli auch irgendwie zu kränken.

»Du fährst mit einem Motorrad die ganze Zeit im Kreis und bekommst ja anscheinend für diesen Blödsinn so viel Geld, dass du gar nicht mehr weißt, wohin damit. Großartig, Eli. Pass bloß auf, dass du dir nicht den Hals brichst mit deiner grenzenlosen Selbstüberschätzung, das grenzt doch jetzt schon an Größenwahn.«

»Neidisch, oder, Carlo? Mach dir um mich keine Sorgen, so ist das halt, wenn man arbeitet fürs Geld und etwas riskiert.«

»Man macht sich nur Sorgen um Leute die einem etwas bedeuten, Eli und jetzt hau ab, ich will dich nicht mehr sehen.«

»Ich dich auch nicht.« Und damit war Eli gegangen.

Die nächsten beiden Male, als sie sich gesehen hatten, war Chelsea immer dabei gewesen und da hatten Carlo und er sich zwar einmal kurz gegrüßt, aber sie hatten es nicht einmal geschafft, sich die Hände zu geben. Bis zu dem einen Anruf von Morgan vor über eineinhalb Jahren. Dieser Anruf hatte für Carlo alles verändert und ihn daran erinnert, wie viel ihm sein Bruder bedeutete, und manchmal hatte er das Gefühl, dass es Eli ebenso ergangen war, dass ihm klar geworden war, wie viel ihm an seiner Familie lag.

Als Carlo wieder zurück war, duschte er sich. Er hatte sich zwar ausgepowert, fühlte sich jetzt aber besser als zuvor. Er lief und lief, bis er den Kopf frei bekam, das hatte in den meisten Fällen immer funktioniert. Seine Wut war zum Teil verraucht, doch er spürte, dass er noch immer gereizt war.

»Jetzt, wo du wieder da bist, Liebling, bitte rede mit mir.« Susann wies auf den Terrassenstuhl gegenüber von sich. Fast schon widerstrebend setzte sich Carlo zu ihr.

»Carlo, ich sehe ja, dass etwas nicht stimmt, dann kannst du es mir auch sagen.«

»Eli und ich haben uns gestritten. Ich bin noch wütend auf ihn und gleichzeitig habe ich Bedenken, dass wir uns wieder so in die Haare kriegen wie vor ein paar Jahren.« Carlo sah Susann hilfesuchend an. »Er hat Laura zurückgewiesen und weder sie noch ich haben verstanden warum, und jetzt wirft er mir vor, ich würde mich immer einmischen.« Carlo ballte die rechte Hand wütend zur Faust. »Als ob ich mich freiwillig eingemischt hätte. Ich hatte doch keine andere Wahl.«

Susann nahm Carlos rechte Hand und strich ihm behutsam über den Handrücken. »Bestimmt gibt es eine Erklärung für das alles. Wenn du vielleicht nochmal mit ihm redest?«

»Es reicht mir inzwischen wirklich mit ihm. Soll er doch schauen, wie es ihm mit seiner Entscheidung geht. Ich habe ihm schon gesagt, dass Laura ihn gern gehabt hat, er wollte es nicht hören. Dann kann ich ihm auch nicht helfen.«

Das Telefon klingelte. Carlo ging hinein und erkannte die Nummer seines Vaters.

»Papà, was gibt's?« Susann beobachtete, wie ihr zukünftiger Ehemann schweigend zuhörte.

»In der Bar am Strand?«, fragte Carlo kurz nach. Dann horchte er wieder, was sein Vater sagte.

»Ja, natürlich. Ich komme sofort. Bis gleich.«

»Ist alles in Ordnung?«, fragte Susann besorgt.

»Eli sitzt in der Strandbar und besäuft sich wohl gerade. Papà macht sich große Sorgen um ihn. Er hat mich gebeten vorbeizukommen.«

»Und was machst du?«, fragte Susann.

Carlo nahm den Haustürschlüssel vom Haken. »Ich bin schon auf dem Weg. Er ist schließlich mein Bruder.«

Susann lächelte, stand auf und küsste Carlo leidenschaftlich. »Das ist mein Mann.«

Edmondo war froh, als er seinen älteren Sohn durch die Tür in die Bar kommen sah. Carlo sah sich kurz um, und als er sie erblickte, kam er direkt zu ihnen.

»Ich bin so froh, dass du da bist«, sagte Edmondo, als Carlo bei ihnen angekommen war. »Ich weiß gar nicht, wovon Eli spricht.«

»Ich mach das schon«, erwiderte Carlo. Edmondo ließ Carlo an die Seite seines Bruders.

»Hey, Eli«, begrüßte Carlo Eli und strich ihm über den Rücken. Eli sah kurz zu ihm auf. Er schien schon ziemlich betrunken zu sein.

»Eli, alles in Ordnung?«, fragte Carlo lauter. Er legte Eli einen Arm um die Schultern.

»Nein, ja, ich weiß es nicht«, murmelte Eli konfus.

»Komm, jetzt lass erst mal den Drink stehen«, erwiderte Carlo. Er nahm ihm das Glas aus der Hand und schob es außerhalb von Elis Reichweite.

»Ich habe sie weggeschickt, Carlo, weil ich Angst hatte, dass sie mich verlässt, sobald sie sieht, wie ich wirklich bin.« Eli legte den Kopf auf die Tischplatte.

»Ich glaube, das weiß sie schon. Laura scheint mir keine Frau zu sein, die sich in Traumvorstellungen verliebt.« Edmondo sah Carlo unsicher an.

»Kann ich helfen?« Carlo sah von Eli zu seinem Vater.

»Nein, ich bringe ihn jetzt nach Hause und morgen denke ich darüber nach, was wir in Sachen Eli und Laura unternehmen.«

»Soll ich dir helfen, ihn heimzubringen?«

»Ich glaube, das schaffe ich schon, Papà. Sollte ich Hilfe brauchen, rufe ich dich an.« An seinen Bruder gewandt, sagte Carlo: »Komm, Eli, ich bring dich nach Hause.«

Eli schwankte ziemlich stark und Carlo musste ihn stützen, damit er nicht umfiel. Es waren noch viele Urlaubsgäste unterwegs, doch weil es nun schon fast dunkel war, achteten sie kaum auf Eli und Carlo.

»Wo hast du deinen Schlüssel?«, fragte Carlo, als sie bei Elis Bungalow angekommen waren. Eli kramte in seiner rechten Hosentasche. Seine Finger schlossen sich um die Muschel, die Laura ihm auf das Motorrad gelegt hatte. Auch den Zettel fand Eli. Beides zog er hervor und drückte es Carlo in die Hand.

»Das hat sie mir dagelassen. Ich bin so ein Idiot.«

Carlo sah kaum auf die Muschel und den Zettel. Zuerst wollte er seinen Bruder ins Haus bringen. Als er von Eli endlich den Schlüssel bekam, sperrte er die Tür auf. Drinnen erwartete sie Chaos. Eli hatte die ganzen Motorradbilder von den Wänden gerissen. Die Pokale und Teller die in den Regalen gestanden hatten, waren auch nicht mehr an ihren Plätzen. Etwas geschockt sah sich Carlo um. Er setzte Eli auf der Couch ab.

»Ist dir schlecht?«, fragte er ihn. Eli schüttelte nur den Kopf. Zuerst rief Carlo bei Susann an. »Liebling, tut mir leid, ich hatte dir einen Abend zu zweit versprochen. Aber ich möchte heute bei Eli bleiben.«

»Natürlich, das macht nichts. Wenn du Hilfe brauchst, ruf an«, erwiderte Susann sofort. Carlo hätte sie nicht mehr lieben können als in diesem Moment.

»Ich danke dir. Susann, ich liebe dich«, flüsterte er ins Telefon. Dann legte er auf. Er holte die Muschel und den Zettel hervor und sah sich beides an. *Für mich war die Mu-*

schel etwas Besonderes, so wie Du. Ich wünsche Dir alles Gute für die Zukunft, Du hast es verdient. Leb wohl. xxx Laura, las Carlo auf dem Zettel.

Eli saß nach vorne gebeugt auf der Couch. Die Ärzte im Krankenhaus und auch Dr. Lehmann, sie alle hatte Carlo gefragt, was das Beste für Eli wäre, und alle hatten ihm das Gleiche gesagt. »Geben Sie ihm Zeit, seien Sie für ihn da, wenn er Sie braucht, mehr können Sie nicht tun.«

Carlo wusste, dass er manchmal dazu neigte, ungeduldig zu sein. Aber in diesem Fall hatten die Ärzte recht gehabt. Elis Zustände, die er nach dem Koma gehabt hatte. Die Panikattacken, dass er meinte, zu ersticken oder zu verbrennen, das alles war schon vorbeigegangen.

Carlo sah zu seinem Bruder. Er erinnerte sich an den Moment, als Chelsea damals ins Krankenhaus gekommen war, um mit Eli Schluss zu machen. Carlo hatte damals das Krankenzimmer verlassen, weil er dachte, dass Eli und Chelsea auch ein bisschen Zeit für sich brauchten. Als sie Elis Zimmer wenige Minuten darauf wieder verließ, befürchtete Carlo schon, dass sie Eli verlassen hatte. Diese Befürchtung hatte sich bestätigt. Er hatte Eli zuvor noch nie weinen sehen. Carlo war ein Schauer über den Rücken gelaufen. Er hatte eine unbändige Wut auf Chelsea bekommen. Er war ihr hinterhergelaufen und hatte sie zum Umkehren bewegen wollen.

»Hey, Chelsea, wo willst du hin!?«, hatte Carlo sie ungehalten angeschnauzt.

»Ich gehe, Carlo. Ich habe mich soeben von Eli verabschiedet.«

»Wie kannst du ihn jetzt alleine lassen? Du bedeutest ihm so viel! Ich weiß, wir zwei haben uns nie wirklich gut verstanden, Chelsea. Aber ich bitte dich, geh jetzt nicht. Eli braucht dich, er liebt dich!«

»Ich liebe ihn aber nicht mehr, es wäre unaufrichtig zu bleiben. Mach es mir nicht schwerer, als es ist, Carlo.«

Carlo hatte sich so hilflos gefühlt. Am liebsten hätte er Chelsea gepackt und sie ins Zimmer zurückgebracht, doch das würde zu nichts führen.

»Chelsea, wenn du jetzt gehst, dann melde dich nie wieder bei Eli, hast du mich verstanden!?«

»Das mache ich nicht, versprochen.« Und mit diesen Worten war Chelsea in ihr Auto gestiegen und aus Elis Leben verschwunden.

Carlo schüttelte den Kopf und versuchte diese Erinnerung abzuschütteln. Langsam wanderte Carlo durch die Zimmer. In der Küche lagen Unmengen an leeren Bierdosen. Die Teller und Pokale lagen auf dem Boden in der Küche und im Wohnzimmer. In Elis Schlafzimmer fehlten auch einige Bilder. Eli saß noch immer vornübergebeugt auf der Couch. »Du gehst jetzt am besten ins Bett, Eli«, forderte Carlo seinen Bruder schließlich auf und half ihm hoch. Carlo führte Eli bis zum Bett und zog ihm dann die Jacke und die Schuhe aus.

Carlo wachte früh auf. Elis Couch war denkbar unbequem, und so hatte sich Carlo die meiste Zeit dösend von einer Seite auf die andere gewälzt. Es war kurz vor halb sieben Uhr morgens. Eli schlief sicher noch. Carlo stand auf und ging leise nach draußen. Die Luft war kühl, aber der Himmel war klar und ein kräftiges Blau kündigte einen schönen, wenn auch nicht warmen Septembertag an. Carlo ging hinunter zum Strand. Er sah zwei Einheimische, die nach Muscheln suchten. Er erinnerte sich, wie er den Anruf von Morgan bekommen hatte, als Eli in Silverstone verunglückt war.

Carlo hatte auf sein Handy gesehen. Eine Nummer aus

England. Er hatte erst gedacht, es sei Katie, doch es war Morgan, seine Stiefmutter. Mit ihr telefonierte Carlo nicht so oft wie mit seiner Halbschwester.

»Morgan, hallo, wie schön, was gibt's?«, hatte Carlo gut gelaunt gefragt. Er hatte in zwei Tagen seinen Vater offiziell als Resortchef ablösen sollen.

»Carlo, ich weiß nicht, wen ich anrufen soll. Ich kann nicht ... aber eigentlich sollte ich es Edmondo sagen.« Sie begann zu weinen und Carlo fühlte, wie ihm die Hand, in der er das Telefon hielt, zu zittern begann. Er bekam einen galligen Geschmack im Mund.

»Morgan, was ist passiert?« Seine Stimme blieb ruhig, doch in seinem Inneren sah es ganz anders aus.

»Eli hatte einen Motorradunfall. Sie operieren ihn gerade. Katie und ich stehen hier im Krankenhaus. Wir wissen nicht, wie schlimm es ist.«

Carlo war in seinem Büro gewesen, er hatte sich zu einem Kalender, der hinter ihm an der Wand hing, umgedreht.

»Silverstone«, hatte er nur gesagt. Er hatte sich den Plan von der MotoGP Saison immer ausgedruckt und dann Elis Platzierung neben dem Datum aufgeschrieben, das machte er seit Jahren. Die Rennen hatte er sich nie angesehen, aus Sorge, dass etwas passieren könnte. Carlo hatte immer das Gefühl gehabt, wenn er zusähe, würde etwas passieren, und wenn er sich im Nachhinein erst über die Platzierung informierte, dann war alles gut.

»Ich sag Papà und den anderen sofort Bescheid. In welchem Krankenhaus seid ihr?«

Es hatte gedauert, bis sich Morgan so weit beruhigt hatte und Carlo Auskunft geben konnte, wo sie und Katie waren. Carlo hatte alles mitnotiert. Er erinnerte sich noch gut an die Reaktionen seiner Familie. Alle waren bestürzt gewesen. Renato und sein Vater hatten beschlossen, in Italien zu bleiben, und Carlo war mit Evelina und Michela nach England geflogen.

Noch immer lief es ihm kalt den Rücken hinunter, wenn er an den Anruf dachte. Es war wie eine zweite Chance, die er und Eli bekommen hatten, um sich wieder zu versöhnen. Carlo ging zurück zum Bungalow und nahm sich vor, etwas aufzuräumen, bis Eli aufwachte.

»Du hast mich gestern heimgebracht, oder?«, fragte Eli mit heiserer Stimme. Er war ziemlich blass im Gesicht.

»Ja. Ich habe eben etwas aufgeräumt, ich hoffe, es stört dich nicht.«

»Nein, vielen Dank.«

Eli sah sich um. Carlo hat die Bilder nicht mehr aufgehängt, aber alles etwas geordnet. Die Pokale und Teller waren in einer Kiste am Boden. Die Bilder lagen gestapelt unter der Couch. Die leeren Bierdosen lagen alle in einem Plastikeimer auf der Terrasse.

Eli sah sich um. Carlo schaute ihn aufmerksam an. Eli begegnete dem Blick seines Bruders.

»Bist du die ganze Nacht geblieben?«, fragte er.

»Ja, ich wollte dich nicht allein lassen.«

»Danke, dass du da warst. Nun schon zum zweiten Mal. Ich weiß, ich habe dir das nie gesagt Carlo, aber nach dem Unfall – ich war froh, dass du da warst.«

»Du musst dich nicht bedanken. Wofür hat man denn einen Bruder.«

»Das, was du gestern gesagt hast, dass ich vor allem die Leute vor den Kopf stoße, denen ich etwas bedeute ...«

»Tut mir leid, ich habe mich so über dich geärgert, aber das hätte ich nicht sagen sollen.«

»Nein, du hast recht. Ich weiß nicht, warum ich das

mache, und es tut mir leid. Mir ist klar, dass ich ziemlich unausstehlich bin, aber du kannst mir glauben, ich hasse mich dafür mindestens genauso wie ihr, dass ich so bin.«

»Eli, du bedeutest uns allen wirklich sehr viel.« Carlo setzte sich auf die Couch. »Ich habe das auch nicht so gemeint, als ich sagte, ich hätte keine andere Wahl, als mich einzumischen. Es tut mir leid, wenn du das Gefühl hast, ich würde dich bevormunden. Es ist nur so, ich kann auch nicht aus meiner Haut. Ich werde immer versuchen, dich zu beschützen, das ist alles.«

Eli setzte sich neben seinen Bruder. »Und dafür bin ich dir sehr dankbar, Carlo.«

10. Kapitel

»Hast du Eli schon gesehen? Er sieht fürchterlich aus.«

»Ich weiß, er hat mir die Norton heute Vormittag vorbeigebracht«, sagte Edmondo und bestätigte damit Carlos Beobachtung. »Ich habe ihm gesagt, er könne sie behalten, und er meinte nur, das wolle er nicht, sie würde ihn zu sehr an Laura erinnern.«

Carlo dachte nach. »Was meinst du, Papà, sollte ich versuchen, Laura zu erreichen und sie zu überreden, noch einmal zu kommen? Ich bin mir nicht sicher. Wenn ich sicher wüsste, dass es das Richtige ist und ich Eli damit nicht noch mehr schade, würde ich es sofort machen.«

Edmondo sah seinen Sohn aufmerksam an. »Leider bin ich die falsche Person, dir wegen Eli Ratschläge zu geben. Ich habe das Gefühl, ich versuche bei ihm immer das Richtige zu tun und schlussendlich mache ich dadurch immer das Falsche. Aber«, begann Edmondo, »ich finde, wir sollten versuchen, sie anzurufen. Eli mag sie sehr, sonst würde es ihm jetzt nicht so schlecht gehen.«

Das war definitiv ein Argument. Carlo hatte Angst, dass er sich durch sein Einmischen wieder von seinem Bruder entfernen würde, wenn es sich als die falsche Entscheidung herausstellen würde.

Carlo bemerkte, dass er Lauras Handynummer gar nicht hatte. Daher rief er direkt in der Werbeagentur an und wollte sich mit Laura verbinden lassen, doch von der Dame am Empfang erfuhr er, dass die Signorina nicht im Haus war.

»Ich kann gerne den Chef fragen, wann Signorina Giancomelli wieder da ist«, bot die Dame an.

»Ja, bitte, tun Sie das.« Nur wenige Sekunden später meldete sich Marcello.

»Carlo, die Kollegin sagte mir eben, du bist dran. Was gibt's?«, fragte Marcello. Carlo überlegte kurz. Marcello war ein Freund und in diesem Falle war es hoffentlich das Richtige, mit offenen Karten zu spielen.

»Es ist so, Marcello: Ich wollte mit Laura sprechen, es geht um meinen Bruder. Ich habe das Gefühl, dass die beiden sich ineinander verliebt haben, und mein Bruder war wohl nicht ganz unbeteiligt daran, dass sie sich gestritten haben.«

»Das würde erklären, warum Laura so niedergeschlagen wirkt. Ich habe sie gestern gezwungen, die restliche Woche zu Hause zu bleiben, um sich zu erholen. Ich habe schon so etwas vermutet. Wieso willst du deswegen mit ihr sprechen?«, fragte Marcello.

»Ich wollte Laura fragen, ob sie Eli noch eine Chance geben würde.«

Marcello antwortete nicht sofort.

»Versteh mich nicht falsch, Carlo. Dein Bruder schien mir recht sympathisch, aber für mich ist Laura wie eine Tochter, und wenn er mit ihren Gefühlen, die sie sicher für ihn hat, spielt, dann nehme ich ihm das sehr übel.«

»So ist Eli nicht, er weiß nichts von meinem Anruf. Er denkt, er hat Laura für immer verloren, und er bereut es zutiefst, dass er sie hat gehen lassen. Kannst du uns helfen?«

»Marcello, was gibt's, soll ich kommen?« Laura war an ihr Handy gegangen, als sie seinen Namen auf dem Display las.

»Zuallererst Laura, solltest du versuchen abzuschalten, wenn du zu Hause bist. Aber du hast recht, ich brauche deine Hilfe. Du musst noch einmal ins Liccardi Resort zurück.« Er wollte es erst mit dem ehrlichen Weg versuchen.

»Wieso? Marcello, ich möchte mich nicht jetzt schon wieder fast drei Stunden in den Zug setzen.« Laura wollte Eli nicht so bald wiedersehen. Sie hatte es einfach noch nicht verwunden, dass er sie nicht liebte. Vielleicht in ein paar Jahren. »Hat es mit der Arbeit zu tun? Wenn es wichtig ist fahre ich natürlich hin.« Für die Arbeit würde sie über ihren Schatten springen.

Marcello zögerte am Telefon.

»Ja«, sagte er schließlich. »Die Prospekte wurden zwar richtig gedruckt, aber bei dem Zusammentragen der Bögen ist ein Fehler passiert, ein Teil ist wohl auch schon geheftet und die Reihenfolge der Seiten stimmt nicht.«

»Oh nein! Marcello, mach dir keine Sorgen, ich kläre das und nehme den nächsten Zug. Ich komme davor noch schnell in der Firma vorbei. Hast du schon mit Carlo Liccardi gesprochen?«

»Ja, er hat mich angerufen, aber keine Sorge, Laura. Er nimmt es ganz entspannt, dann müssen die Klammern bei den ersten Exemplaren noch einmal entfernt werden, das ist sicher kein zu großer Umstand.«

»Ja, das hoffe ich auch, bis gleich, Marcello.«

Laura legte auf und begann, eine kleine Reisetasche zu packen, mehr brauchte sie nicht, sie würde sicherlich nicht lange dort bleiben.

Marcello fühlte sich schlecht. Er hätte Laura nicht anlügen dürfen, aber sonst wäre sie nicht gefahren, da war er sich sicher. Dennoch, sein Gewissen setzte ihm sehr zu. Sofort rief er Carlo zurück, der sich nach dem ersten Klingeln meldete.

»Hallo Marcello, und, kommt Laura?«, fragte Carlo, da er die Nummer schon erkannt hatte.

»Sag deinem Bruder, wenn das alles klappt, dann ist er uns etwas schuldig. Ich habe Laura angelogen und ihr gesagt, mit den Prospekten sei etwas nicht in Ordnung. Wenn sie mich dafür nun hasst, geht das auf sein Konto. Ich hoffe, das ist es wert.«

Carlo sah die Prospekte die auf seinem Tisch lagen. Sie waren perfekt. Und dann fiel sein Blick auf das Foto von Eli in dem großen Eichenschrank. Er saß auf seiner Ducati und sah etwas arrogant in die Kamera.

»Ja, ich hoffe auch, dass es das alles wert ist.«

Eli sah auf sein Handy. Er saß neben Evelina im Auto. Wie oft hatte er in den vergangen Stunden auf diese Zahlenfolge geblickt. Ruf sie an, dachte er sich. Sag ihr, dass es dir leidtut. Wie in einer Zeitschleife hallten in Eli immer wieder die Beleidigungen nach, die er Laura an den Kopf geworfen hatte. *Oberflächlich.* Er hatte sie tatsächlich oberflächlich genannt. Mit einer einfachen Entschuldigung ließ sich so etwas nicht zurücknehmen, da war er sich sicher. Laura hatte schlicht und ergreifend recht gehabt, als sie ihm vorgeworfen hatte, er sei noch nicht darüber hinweg, dass ihn Chelsea verlassen habe. Sein falscher Stolz hatte diesen Vorwurf nicht hören wollen. Eben war er wieder bei Dr. Lehmann gewesen. Dieser hatte ihn gleich nach Laura gefragt und Eli hatte ihm alles erzählt. Dr. Lehmann hatte nichts sagen müssen, allein bei der Schilderung des Gesprächs war Eli klar geworden, wie falsch er all das verstanden hatte, was Laura über Chelsea gesagt hatte. Nachdem er mit seiner Erzählung geendet hatte, war er in ein langes Schweigen verfallen.

»Worüber denken Sie jetzt nach?«, hatte Dr. Lehmann ihn gefragt.

»Darüber, dass ich ein totaler Vollidiot bin.«

»Wissen Sie, warum Sie so reagiert haben, als Laura

ihre Meinung über Chelseas Entscheidung ausgesprochen hat?«

»Ich war sauer, ich dachte erst, dass sie auf Chelseas Seite ist und nicht auf meiner, dann hatte ich Bedenken, dass ich mich in Laura ebenso täuschen würde wie in Chelsea, und gestern Abend, als ich mich so zugesoffen habe, dachte ich, dass es eigentlich nicht um Chelsea geht, sondern nur um mich und Laura. Hauptsächlich darum, dass ich Angst habe. Ich will mein altes Leben zurück, das funktioniert aber nicht. Und mit Laura fühlte sich alles so richtig, so großartig an, und ich dachte, wenn ich die Kontrolle behalte und den Zeitpunkt wähle, wann sie geht, dann geht es mir besser. Aber das ist dämlich, ich hatte anscheinend von Anfang an die Befürchtung, dass es genauso läuft wie mit Chelsea, und auch nichts anderes erwartet. Ich sag's ja, ich bin ein totaler Idiot.«

»Sie haben Angst, Eli. Und wenn Ihnen das nicht bewusst wird, dann werden Sie immer wieder solche Entscheidungen treffen. Ihr Unterbewusstsein wird versuchen, den Situationen aus dem Weg zu gehen, vor denen Sie Angst haben. Auf die Dauer werden Sie sich damit keinen Gefallen tun.«

»Und was soll ich jetzt tun?«, fragte Eli verzweifelt.

»Für die Zukunft: Lernen Sie Ihre Angst als einen Teil von sich zu akzeptieren und lassen Sie sich davon nicht in Ihren Entscheidungen beeinflussen. Das wird am Anfang sehr schwer werden.«

Carlo hatte Evelina Bescheid gesagt, dass sie Eli gleich bei der Rezeption absetzen sollte. Er sollte also die nächsten Minuten da sein. Laura war, wie Carlo vermutet hatte, ganz gewissenhaft in den nächsten Zug gestiegen und stand nun hier in seinem Büro. Sie blätterte den Prospekt durch.

»Das ist alles in Ordnung, soweit ich das sehe.« Laura sah ihn etwas verwirrt und unsicher an.

»Ja, das stimmt«, begann Carlo. »Ich bitte Sie, geben Sie mir einen Moment, alles zu erklären. Es war alles meine Idee, nicht die von Marcello. Er wollte Sie nicht anlügen. Ich habe ihn darum gebeten, mehr oder weniger.« Carlo sah sich hilfesuchend im Raum um, dann sah er Laura in die Augen. »Sie wissen, wie das ist, Sie haben auch einen kleinen Bruder, und den wollen Sie beschützen, oder zumindest wollen Sie für ihn das Beste, auch wenn Sie selbst nicht immer genau wissen, was das Beste für ihn ist. Genauso ist es auch für mich manchmal ein Rätsel, wie ich mich am besten verhalte. Ich glaube zu wissen, dass Eli Sie liebt, und ich weiß, es ist nahezu nicht zu entschuldigen, Sie mit dem Zug hierher fahren zu lassen in der Annahme, dass die Prospekte nicht in Ordnung sind. Aber ich hoffe, wenn Sie und Eli noch einmal die Chance bekommen, miteinander zu sprechen, dass die Geschichte dann ein anderes Ende nimmt.«

Es klopfte an der Tür und Carlo rief: »Pronto!«

Eli öffnete die Tür und sagte: »Carlo, Evelina meinte, du wolltest mich sehen. Was …« Den Rest des Satzes sprach er nicht zu Ende, als er Laura sah. Er freute sich so sehr, dass er fast das Gefühl hatte, sein Herz müsste zerspringen, und gleichzeitig hatte er so viel Angst, dass er am liebsten wieder aus dem Zimmer gerannt wäre. Er liebte sie, das war ihm so deutlich bewusst, dass ihn dieses Gefühl in Panik versetzte. Und er beschloss, seiner Angst zum Trotz, zu bleiben.

Laura sah Eli und sie wusste, dass die Vorsätze, die sie während der Zugfahrt gefasst hatte, nichts bedeuteten. Sie liebte Eli. So simpel, so einfach und gleichzeitig so kompliziert und aussichtslos war es. Laura sah den Blick, den Carlo Eli zuwarf. *Vergib mir, wenn ich jetzt genau das Falsche getan habe,* schien er sagen zu wollen, *aber ich denke, nein, ich hoffe, ich habe mich richtig entschieden.* Warf Laura nicht auch ihrem Bruder Stefano diesen gleichen Blick zu, wenn sie eine Entscheidung getroffen hatte? Sie und ihr Bruder trennten keine neun Jahre, doch Laura konnte Carlo verstehen, und als er den Raum verließ, nickte sie ihm kurz zu. Ja, sie war ihm dankbar, sie konnte verstehen, warum er sie hergebeten hatte. Doch nun lag es an Eli. Noch immer war sich Laura nicht sicher, woran sie bei ihm war. Sie hätte schwören können, im ersten Moment, als er den Raum betreten hatte, hatte Eli sich gefreut, sie zu sehen. Doch jetzt? Eli war zum Fenster gegangen und sah hinaus.

»Ich wusste gar nicht, dass du wieder da bist«, war das Erste, was er sagte. Seine Stimme klang seltsam.

»Dein Bruder und Marcello haben gesagt, die Broschüren seien falsch gebunden worden. Das war eine Lüge gewesen, damit ich noch mal komme.«

»Carlo lügt eigentlich nie, das muss ihn ziemlich viel Überwindung gekostet haben.«

»Marcello wird sich auch sehr unwohl gefühlt haben, ich denke, sie haben es für uns getan.« *Weil wir Ihnen wichtig sind,* hatte Laura noch hinzufügen wollen, doch sie biss sich auf die Lippen. »Da mit den Broschüren alles in Ordnung ist, gehe ich jetzt wieder.«

Eli stand vor der Balkontür und blickte hinaus, daher konnte Laura nicht sehen, was er dachte. Sie blickte auf Elis Rücken und wünschte sich, dass er sie zurückhalten würde.

»In Ordnung«, sagte Eli schließlich, ohne sich umzudrehen. Laura biss sich auf die Lippen. Wie gerne würde sie ihm sagen, wie sehr sie ihn liebte, doch da dieses Gefühl nun einfach nicht auf Gegenseitigkeit beruhte, wollte sie Eli damit auch nicht bedrängen, daher sagte sie nur: »Dann ... mach's gut, Eli.« Eli drehte sich zu Laura um. Er sah genauso fertig aus, wie Laura sich fühlte. Er war blass und sah sie entschuldigend an. Was taten sie sich da nur an? Laura schloss kurz die Augen und wandte sich dann schließlich ab. Vielleicht war es tatsächlich das Richtige.

Als ihre Finger die Türklinke des Büros berührten, hielt Elis Stimme sie auf. »Es tut mir leid, Laura.«

»Was tut dir leid?«

»Alles, was ich zu dir gesagt habe, und ... und dass ich dich nicht bitte zu bleiben.«

»Dafür musst du dich nicht entschuldigen. Niemand kann sich zwingen, jemanden zu lieben.«

»Niemand muss mich zwingen, dich zu lieben, Laura, denn das tue ich bereits.«

Laura fühlte, wie eine Welle von Glück und Hoffnung ihren ganzen Körper ausfüllte. Sie drehte sich zu Eli um, sie wollte in seinem Gesicht erkennen, dass er die Wahrheit sprach.

»Warum willst du dann, dass ich gehe?«, fragte sie ihn verwirrt.

»Weil ich Angst habe. Ich habe seit über einem Jahr Angst, und zwar vor fast allem.« Eli sah sich kurz im Raum um und suchte nach Worten, die ihm dann nicht einfielen. Er sah Laura an. »Aber dir will ich dieses Gefühl nicht antun. Glaub mir, du willst nicht mit mir zusammen sein. Meine Exfreundin hat das rechtzeitig begriffen, und inzwischen kann ich sie sogar verstehen.«

Laura sah ihn traurig lächelnd an. »Glaub mir, Eli, ich bin ein großes Mädchen und weiß sehr gut, was ich will und was nicht.«

»Und was willst du?«

»Kannst du es dir denn nicht denken? Was glaubst du, warum ich jetzt noch hier stehe?«

Eli spürte, wie ihm das Herz so schnell schlug, dass er das Gefühl hatte, es müsste ihm sofort aus der Brust springen.

»Laura, ich liebe dich.« Wie lange waren ihm diese Worte nun schon durch den Kopf gegangen. Es war fast komisch, wie richtig es sich anfühlte, sie genau jetzt laut auszusprechen. »Und ich würde mir mehr als alles andere auf der Welt wünschen, dass du bei mir bleibst. Mit deinen tausend Paar Schuhen und allem, was du sonst noch sammelst. Ich möchte mit dir noch einmal nach Venedig und von mir aus auch jede Woche, und es macht mir nichts aus zu warten, während du fotografierst. Hauptsache, ich bin bei dir. Bitte bleib bei mir, Laura!«

Eli sah sie abwartend an. Sie konnte erkennen, dass er sich davor fürchtete, dass sie ablehnen würde, doch etwas hatte sich verändert. Seit er ihr gesagt hatte, dass er sie liebte, schien er befreiter zu sein. War es tatsächlich eine Überwindung für ihn, dieses Gefühl vor sich selbst einzugestehen?

»Das trifft sich gut, das will ich nämlich mehr als alles andere.«

Eli kam auf sie zu. Zögernd, aber sie konnte einen Hoffnungsschimmer auf seinem Gesicht erkennen.

»Es tut mir leid, Laura, was ich zu dir gesagt habe. Ich halte dich nicht für oberflächlich. Ich würde gerne der Mann sein, den du verdient hättest. Ich wäre gerne zuversichtlich und mutig, für dich, ich ...«

Laura legte ihm einen Finger auf die Lippen und brachte ihn so zum Schweigen.

»Ich liebe dich, Eli, okay? Ich liebe deine seltsamen Komplimente, ich liebe dein schiefes Lächeln und ich liebe es, wie du mich direkt ansehen kannst, und ich erkenne, dass es dir genauso geht wie mir. Glaubst du, das reicht, damit wir es wagen können?«, fragte Laura.

»Das reicht definitiv«, erwiderte Eli und küsste sie.

Epilog

Sie mussten nun bald noch einen Tisch dazustellen. Im heimeligen Garten, der zur Liccardi Familienvilla gehörte, fand ein kleines Fest statt. Carlo stand am Grill, während Susann in der Küche mit Evelina, Laura und Lauras Mutter, Alice, die Salate zubereitete. Michela war mit Emilie, Maurizio und Filippo am Pool. Renato und Eli stellten die Sonnenschirme auf und Stefano, Lauras Bruder, deckte den Tisch, während Edmondo und Manuele auf den Gartenstühlen saßen und über das letzte Spiel von AS Rom gegen Galatasaray Istanbul debattierten. Bald brachten die Frauen die fertigen Salate nach draußen und die Kinder kamen mit ihrer Uroma vom Pool, um die ersten Happen zu erhaschen. Eli sprach mit Stefano, und es freute Laura, mehr als sie sagen konnte, wie gut sich ihr Freund mit ihrem Bruder verstand. Auch Alice hatte ihre Tochter in einem ruhigen Moment kurz zur Seite genommen und gemeint: »In Ordnung, du hattest recht, Eli ist wirklich ein großartiger Mensch. Das ändert aber trotzdem nichts daran, dass ich dich schrecklich vermissen werde.«

Laura hatte mit Marcello gesprochen. Sie arbeitete noch immer für ihn, doch da sie nur noch für die neue Gestaltung der Werbemittel, für die Chronik und die jährliche Werbung in allen Medienbereichen der Liccardi Resorts zuständig war, würde sie mehr hier als in Bozen sein. Mit einem Teil (!) ihrer Schuhe (Eli hatte gehofft, es seien schon alle, doch Laura hatte ihm versichert, es sei vielleicht ein Zehntel davon) war Laura nun vor wenigen Tagen bei Eli eingezogen. Marcello hatte schon alles geplant, als sie angerufen hatte, um ihm mitzuteilen, dass Eli und sie zusammen waren. Er hatte bereits mit Edmondo alles besprochen, und was das Wichtigste für Laura war, Marcello freute sich sehr mit ihr über ihr Glück. Und glücklich war sie wirklich. Wenn sie Eli ansah, konnte sie es manchmal noch immer nicht glauben, dass sie beide nun ein Paar waren, und wenn sich ihre Blicke dann begegneten, traf Elis Lächeln sie tief ins Herz und machte ihr bewusst, dass es ihm ebenso ging. Laura war, kurz nachdem sie mit ihren ganzen Koffern angekommen war, noch etwas unsicher gewesen, ob es klappen würde. Bis sie in Elis und nun auch ihr Schlafzimmer gekommen war – dort hatte sie auf dem Nachtkästchen, neben der Herzmuschel, die kleine blaue Eule aus Glas entdeckt, die Eli wohl für sie gekauft hatte. Die Eule saß auf einem kleinen Zettel und auf diesem stand: *Willkommen zu Hause, Lovey*. Da wusste sie, egal was die Zukunft bringen würde, Eli und sie würden es schaffen.

Das Fleisch war nun auch schon fertig und Carlo bewirtete jeden aus seiner Familie. Er war froh, wenn alle so beisammensaßen. Edmondo und Manuele saßen noch immer in ihre Diskussion vertieft bei einem Grappa zusammen. Bevor Carlo etwas sagen konnte, rief Eli: »Papà! Onkel! Kommt ihr? Sonst lassen wir nichts mehr übrig!« Edmondo sah Eli kurz überrascht an. Seit wann hatte ihn sein Sohn nicht mehr Papà genannt? Dann lächelte er dankbar und Eli grinste kurz zurück.

Carlo war erleichtert, es sah so aus, als würde langsam alles gut werden. Eli und Laura tauschten auch beim Essen verliebte Blicke. Mit Lauras Bruder konnte Eli sich so unterhalten, als wären sie schon seit Jahren befreundet.

»Laura hat mir doch diesen Skiurlaub geschenkt«, entgegnete Stefano an Eli gewandt. »Hast du Lust, die ersten zwei oder drei Wochen mitzukommen? So alleine ist es, glaube ich, ziemlich fad. Ich habe einen speziellen Lehrer, der mir das Monoskifahren beibringt, und da du ja Snowboarden kannst, könnte es doch ein ganz netter Urlaub für dich werden – es sei denn, du musst arbeiten.«

Da musste Eli nicht lange überlegen. »Carlo hat schon gesagt, dass er eine Aufgabe für mich hätte, aber ich denke, das ist erst was für die kommende Saison. Also habe ich im Winter noch frei. Ich bin gerne dabei.«

»Tja, *sorellina*«, sagte Stefano an Laura gewandt, »wie es aussieht, werde ich dein Geschenk also doch annehmen, und ich muss sagen, ich freu mich schon drauf.«

»Das freut mich«, entgegnete Laura und drückte glücklich den Arm ihres Bruders.

»Carlo, ich muss dir was sagen.« Eli stellte sich zu seinem Bruder an den Grill, als dieser neues Fleisch auf den Rost lud.

»Was gibt's?«, fragte Carlo.

Eli grinste seinen Bruder glücklich an, dann umarmte er ihn kurz und sagte leise: »Ich danke dir, Carlo. Für alles, was du die letzten Tage, Wochen und Monate für mich getan hast.«

Carlo erwiderte die Umarmung und fühlte sich unendlich glücklich.

Ende